Kadokawa Fantastic Novels

U0025664

Banished from the brave man's group, I decided to lead a slow life in the back country.11

因為不是真正的夥伴而被逐出勇者隊伍，流落到邊境展開慢活人生11

ざっぽん

插畫／やすも

CONTENTS

「海豚跳起來嘍！」
來旅遊！」

「你看！
「這天氣正好出

「雷德也來游嘛！有夠讚的！」

ざっぽん
插畫／やすも

因為不是真正的夥伴而被逐出勇者隊伍，流落到邊境展開慢活人生11

Banished from the brave man's group, I decided to lead a slow life in the back country.

Kadokawa Fantastic Novels

CHARACTER

雷德
（吉迪恩·萊格納索）

因為被踢出勇者隊伍而決定到邊境展開慢活人生。曾立下許多戰功，是除了露緹以外最強的人族劍士。

莉特
（莉茲蕾特·渥夫·洛嘉維亞）

洛嘉維亞公國的公主，曾為英雄的冒險者。沉浸在與心愛的人一起生活的滿滿幸福中且傲期已結束的前傲嬌。

露緹·萊格納索

擁有被神選上的「勇者」與心中產生的「Sin」這兩種加護的少女。出生至今第一次以平凡少女的身分盡情享受夏日時光。

媞瑟·迦蘭德

擁有「刺客」加護的少女。身分是殺手公會的精銳殺手，現在卻興致勃勃地要在今年夏天大玩特玩。

亞蘭朵菈菈

能夠操縱植物的「木之歌者」高等妖精。好奇心旺盛，漫長的人生由數不清的冒險故事點綴。

坦塔·斯托

與雷德很親近的半妖精少年。夢想是成為一名木匠，卻被授予了「樞機卿（Cardinal）」加護。

愛蕾麥特

名字有「隱士」的含義，身材高挑的女性。是聖方教會的苦行僧，執著於坦塔的加護。先前為了修行便自行讓雙眼失明。

岡茲

雷德的木匠朋友。將姪子坦塔當作自己的兒子般寵愛，也很支持他想成為木匠的夢想。

序章
英雄們的事

「也就是說——」

已經當上維羅尼亞王的薩里烏斯如此說道。

這裡是與魔王軍交戰的最前線。

藉由矮人王的魔法一夜築起的岩造要塞會議室。

圍繞桌子的有維羅尼亞王薩里烏斯、勇者梵。

巴哈姆特騎士團團長、卡塔法克托王國的騎士王。

高等妖精的長老群、矮人王。

冰魔女（Frost Witch）蘿古妮妲、覆面騎士愛絲葛菈妲、仙靈眼艾爾尼姆等英雄。

除此以外還有對抗魔王軍的人類陣線的高手們齊聚一堂。

原本四散各地戰鬥的那些人能夠抽出些許時間，離開各自的戰場並聚集於此地，也是多虧勇者露緹大顯身手讓人類陣線得以重整反擊態勢，還有薩里烏斯王與勇者梵加入人類陣線戰力的功績。

薩里烏斯王繼續說道：

「就結論來講，我們在這次的戰爭中幾乎沒有得到Ｓ級冒險者的協助。」

人類陣線的高手們對於這番話表現出不滿而低聲吟語。

「艾爾尼姆閣下，您的夥伴為什麼沒有加入戰局？」

愛絲妲如此詢問。

身為Ｓ級冒險者隊伍「歸還六槍（Returner Six）」一員的艾爾尼姆以彩虹色的左眼狠狠地瞪往愛絲妲的方向。

他的那顆眼珠形狀怪異，謠傳是封印了邪惡仙靈的義眼。

「而且蘿古妮妲閣下的導師『冬之魔女』茇柏雅葛閣下也一樣。」

茇柏雅葛隸屬的Ｓ級冒險者隊伍「隱密者同盟」沒有參與這場戰爭。

只有她們指導過的魔女和咒劍士有加入戰局。

就算是如同洛嘉維亞的英雄莉特那樣，實力得以拯救國家的冒險者也只是Ａ級。

這就代表，能將國家派出精銳軍隊也無法應付的威脅加以解決的，正是Ａ級冒險者隊伍。

Ｓ級冒險者隊伍則是更為高強的存在。他們是一群英雄，所有人都認為其有實力解決他人無法解決的問題。

冒險者公會將他們定義為應當在世界面臨危機時動員的戰力。

可是，有加入戰局對抗魔王軍的S級冒險者僅有幾名。

「大家都有盡好各自的責任。」

艾爾尼姆語氣平淡地這麼說。

蘿古妮妲也只是面露微笑並點頭。

「這樣啊，那也無可奈何。」

「可是，愛絲葛菈妲閣下，面臨全人類的危機卻沒有動員最強戰力，我也覺得不太對勁。」

聽聞矮人王的這番話，愛絲妲搖搖頭：

「她們並不屬於冒險者公會以外的組織。想做什麼由她們自己做主，沒辦法逼迫她們應戰。」

「就如愛絲妲閣下所說，就算冀望不存在的東西也沒意義。眼下的戰力是為了拯救人類所聚集的，我們應該專注於運用這份戰力來應對。」

愛絲妲與薩里烏斯說完，結束了這個話題。

他們兩人代表所有人發言提出這個問題，就是為了儘早中斷這個議題。

如果是魔王軍剛開始進攻的時候還有理由，但以目前的戰況來看，確實沒有必要找無意參戰的大英雄，硬是把他們拉上戰場。

而且愛絲妲和薩里烏斯也都知道，到頭來拯救人類的依然是人類的意志。

「那我們進入下一個議題，也就是解放弗蘭伯格王國的計畫……」

從防衛轉為解放。

儘管目前還不能疏忽大意，不過對抗魔王軍的戰爭正持續邁向終結。

「………」

默默聽著他人討論的愛絲妲察覺到冰魔女蘿古妮妲凝視她面容的視線。

「等到戰爭結束以後，很想聽聽冬之魔女閣下在這場戰爭期間都做了些什麼呢。」

愛絲妲會這麼說，並不是真的有什麼別有深意的企圖。

她只是單純有興趣而已。

「既然是妳，或許總有一天會理解吧。」

蘿古妮妲如此回應。

愛絲妲仍是蒂奧德萊的時候想必會直接忽視這樣的回覆，不過現在的她看見蘿古妮妲宛如知曉一切的神情，就不禁起了想要惡作劇的念頭並回話：

「妳說我總有一天會理解？就算神的旨意就是這場戰爭，我也是為了受苦受難的人們而戰。」

「這……」

「我不會有任何改變喔。」

蘿古妮姐的微笑消失了。

她的目光展露恐懼……因為她察覺到，眼前這個人就像自己的師長一樣，已經理解到自己無法企及的高度。

愛絲妲心想「果然是那樣啊」在面具底下笑了出來。

就像愛絲妲那樣，位居這個世界最高階的人們對於戴密斯神和加護，想必也具有一定程度的見解。

儘管不確定他們是不是有理解到「勇者」與「魔王」之間戰鬥的目的，其實是要重現初代勇者的靈魂……

可是就算知道這世界的真相，也沒必要斷絕與他人的聯繫，如同隱士般封閉自己。

愛絲妲是這麼想的。

（不過我能夠理性看待這一切，也是因為有雷德閣下和亞爾貝在就是了。）

如果當時和露緹一同旅行的蒂奧德萊知曉了世界的真相……說不定就會像不在這裡的S級冒險者們那樣，不再和魔王軍戰鬥。

（假如是那樣，不曉得我會獨自一人做些什麼呢？）

倘若是當時對神十分虔誠的蒂奧德萊，知曉神的目的並不是打倒魔王……
愛絲妲想像著變成那副德行的自己，覺得很可怕就不再思考下去了。

第一章
佐爾丹的盛夏，不努力的季節

現在的季節是夏天。

也就是佐爾丹人發揮真本事的季節。

「沒半個人過來。」

坐在櫃檯的露緹說。

「都沒人來呢。」

我一邊吃著櫃檯上昨天賣剩的藥草餅乾，一邊這麼回應。

露緹腳邊放有水桶，她把腳泡進裡頭消暑。

「這也沒辦法，佐爾丹的夏天很炎熱。提不起幹勁讓我覺得挺新奇。」

由於「Sin」的力量抑制著「勇者」，露緹得以盡情體驗佐爾丹的夏天。

從以前仍是勇者的露緹身上很難想像出這種慵懶的模樣。

這就是露緹脫離「勇者」後恢復的人性。

佐爾丹的夏天是一年當中最難熬的季節。

主因是佐爾丹在亞熱帶，氣溫很高。

而且佐爾丹周圍都是濕地，也就讓夏季的濕度也很高。

再加上午後雷陣雨很多，還會有暴風雨。

面對以上種種條件，佐爾丹人也只能發揮代代相傳的佐爾丹精神了。

「也就是說，這個季節每個人都不工作，待在家裡無所事事。」

無論如何就是不上工。

明天能做的事就到明天再想。

而在明天想完之後，八成又會推到後天再說。

無論是接案的一方還是發案的一方都知道夏天會拖遲工作進度，就算要討論工作內容也只是找個涼快的地方一直閒話家常，兩方也知道既然什麼事情也沒能決定，工作進度延宕也是理所當然，便不了了之地笑著道別。

這就是夏天的佐爾丹。

不過佐爾丹的夏天實在太過炎熱，也常有人因此暈倒，所以在夏天偷懶的文化說不定是為了健康而自然產生的文化。

「話說市場賣的東西也很少，今天的晚飯該怎麼辦呢？」

會偷懶的當然也包括佐爾丹的商人們。

就連民生設施都會偷懶。

食材本來就會因為炎熱而容易腐壞，再加上物流運送時間也會延長，使得新鮮食材等物品供應不足。

儘管也有許多蔬菜水果該在這種時期收成，但佐爾丹務農的人們喜歡培育的是在夏天不怎麼需要照顧的農作物。

「反正也沒客人來，要不要去港區看看有賣什麼東西呢？」

「我覺得那樣不錯。」

露緹也這麼說並點點頭。

儘管冬天能製作懷爐撐過去，夏天的佐爾丹可沒那麼好應付。

「哥哥。」

「嗯，露緹也要一起去？」

「嗯。」

「外面很熱喔。」

「我會帶著水壺。」

露緹兩手拿起水壺給我看。

那並不是旅途中用過的魔法物品，而是在佐爾丹購買的陶製水壺。

那水壺塗有具隔熱效果的顏料，上頭還畫有圓滾滾的蜘蛛圖案。

圖案的原型是媞瑟的搭檔憂憂先生。

「我很喜歡這個。」

做好這個水壺以後，露緹就一直隨身攜帶。

看得出來她每天都有仔細清潔保養，十分珍視它。

「那我們就麻煩莉特顧店，出去買東西吧。」

「嗯。」

露緹開心地點了頭。

＊　＊　＊

今天是晴天，天上飄著大大的白雲。

而且還熱到令人無法忍受，想必連巨龍都會吐舌抱怨。

「好熱啊。」

「很熱呢。」

我和露緹如此說道，兩人同時用毛巾擦汗。

仍是「勇者」的露緹還在旅行的時候不可能出現這種景象。

甚至是流過火山的熔岩熱氣都不曾對露緹的身體造成影響。

就算身處會燒焦肌膚般的炎熱，「勇者」依舊需要戰鬥。

炎熱對那時的露緹而言，也不過只是氣溫的數值。

所以……佐爾丹的夏天對我們倆來說也是快樂的時光。

「可是很熱。」

「很熱呢。」

剛把汗水擦掉，又馬上冒出汗來。

儘管這不是身處灼熱沙漠那種光站著就會感受到死亡的炎熱，不過要是在這種熱度下量倒後放置不管，還是會覺得很危險。

換句話說就是很熱，熱到會讓人不停反覆抱怨。

「好熱。」

「哥哥明明沒有抗性技能，旅行的時候卻不曾說『好熱』。」

「有一部分是因為待在會造成生命危險的地方時，有得到艾瑞斯的魔法保護……主要還是其他人都能靠加護的力量來抵抗，總不能只有我一個人說喪氣話，所以我就逞強硬撐。」

自己當時的地位可說是勇者的副手。

儘管知道總有一天會到極限，我還是有留意不要在夥伴面前示弱。

「或許就是因為我有那種行為，隊伍才會分崩離析吧。」

「那不是哥哥的錯，都是艾瑞斯把哥哥逐出隊伍害的。」

「謝謝……可是隊伍分崩離析最大的原因，還是當時那些夥伴之間沒有建立起信賴關係。」

我們以打倒魔王為目的聚在一起戰鬥，並沒有餘裕好好理解各自的問題。

無論是露緹、我、亞蘭朵菈菈、蒂奧德萊，還有「賢者」艾瑞斯……各自都抱持著不同的問題，連要打倒魔王的理由都不一樣。

我根本無法想像蒂奧德萊會站在艾瑞斯那邊，要和露緹一戰。

而且也沒能察覺自己離開之後，艾瑞斯會被逼迫到那種地步。

「有時候會覺得，要是有跟艾瑞斯多談談，說不定就不會演變成那樣了。」

艾瑞斯的葬禮是在寒冷的冬日舉辦的呢。

和今天恰好相反。

「我知道艾瑞斯老家是沒落的貴族，但他可不是單純因為重振家門的目的破滅，就會被逼至那種地步的男人。應該是我和艾瑞斯之間發生過什麼事，澈底否定了艾瑞斯的處世之道……」

「哥哥，艾瑞斯已經不在了喔。」

「……妳說得對。」

艾瑞斯死了。

戴密斯神會讓死去的人類靈魂轉生為下一個生命。

我和戴密斯神直接對峙，聽見祂那番話之後知道事實就是那樣。

艾瑞斯這個人已經消失無蹤了。

就連傳說中木妖精的復活奇蹟(Resurrection)，也只是在靈魂轉生前將靈魂封入事先準備好的其他肉體。

無論多強大的奇蹟，都無法將轉生後的靈魂恢復原狀。

「或許是因為太炎熱的關係，我回想起以前的事。」

「這樣啊。」

明天去掃個墓吧。

就算死者不在那裡，也可以為他的來世祈福。

那個戴密斯神應該不會為我們做出那種貼心的事，祈福有一部分也是為了生者。

我需要回頭檢視自己與艾瑞斯之間的記憶。

因為還得面對加護這種東西。

為了引導坦塔的未來，我必須那麼做。

＊　＊　＊

佐爾丹港區。

位於佐爾丹西側的這個區域有著經過整備的河港，功用就是佐爾丹的玄關入口……基本上是這樣。

不過貿易船舶數量很少，河港本身的性質也沒有辦法讓大型船舶進來。

歸根究柢來說，特地運用大型船舶來佐爾丹交易並沒有什麼好處。

「可是無論如何，貿易品一定會聚集在這裡。從上游村子運來的商品也都會先聚集到這裡再送至市場。」

「真要說起來，要送去市場的商品說不定還滯留在港區。」

「很有可能喔。」

行船人或許是悶在旅店裡頭，河邊的通道都很冷清。

看來也沒半個路邊攤。

我們進入一間小店鋪。

「歡迎光臨——」

有氣無力的聲音迎接進入店裡的我們。

發出這嗓音的青年打著赤膊，用扇子搧著風。

看起來就如同聲音給人的感覺，沒什麼幹勁。

我記得這裡的店老闆是位中年女性，現在這位是她的兒子嗎？

「一如預料。」

「嗯，擺放著各種食材呢。」

市場的商人果然因為炎熱而偷懶，並沒有來港區採購。

「既然這麼豐富，就可以用來做各式各樣的菜了。」

我興高采烈地這麼說，和露緹一起陸續購買食材。

「兩位是要開派對嗎？」

青年一邊把食材塞進袋子裡一邊這麼詢問。

「沒有那回事喔，只是偶爾也想要做點像樣的料理。」

「現在是夏天耶？」

「就算是夏天，每天吃涼麵也會膩吧？」

「咦～明明只要換點配料，就有辦法一直吃下肚呢。」

涼麵是佐爾丹人在盛夏當中一定會吃的傳統料理。

那是用水冷卻煮熟的麵條，把手邊的食材盛到上頭再灑上辛香料，十分簡易且充滿佐爾丹特質的菜色。

一般來說，會將需要煮熟的食材和麵條一起丟進熱水裡煮。

那道菜雖然也有佐爾丹蕎麥麵這種稱呼，不過佐爾丹的氣候難以培育蕎麥，很少有機會看見以蕎麥做成的料理。

那應該是移居佐爾丹的某個人稱呼的名字吧。

佐爾丹人明明沒有吃過蕎麥，傳統料理卻被叫成佐爾丹蕎麥麵，這真有點趣味。

也有人誤以為所謂的蕎麥麵就是那樣的料理。

人畜無害的誤解不禁令人發笑。

這種奇妙的文化也是佐爾丹這個城鎮的特質。

「那你們要做怎樣的料理呢？」

「因為有買到還不錯的花生和番茄，想做個花生燉菜。」

「要把花生加入燉菜裡嗎？」

「對，會先磨成膏狀再加進去。那跟番茄的酸味很搭喔。」

「哇～這可真是聽都沒聽過，你很會做菜呢。」

「單純是喜歡做菜而已。」

「我夏天根本就不想做菜啊。」

青年聳了聳肩說：

「我今天也是吃個佐爾丹蕎麥麵就能滿足嘍。」

＊　＊　＊

露緹和我提著購物袋走在路上。

傍晚照射下來的陽光讓道路產生冉冉上升的熱氣，夏季的昆蟲也響亮地鳴叫著。

平常在這個時段總會聽見孩童遊玩的聲音，不過想必是太過炎熱，他們無心在外玩耍吧。

「孩子們聚在其中一個人家裡玩桌遊。」

露緹如此說道。

她也常常跟孩子們一起玩桌上遊戲。很擅長用棋子和骰子來玩的飛龍競速遊戲，不僅在平民區很出名，中央區和南沼區的孩子們也都很尊敬她。

想必是因為這樣，她才會熟悉孩子們的狀況吧。

以前是「勇者」的露緹在村子裡被視為異物，無論大人和小孩都會迴避她，不過在佐爾丹的她可是很會玩遊戲，受到孩子們仰慕的大姊姊。

這樣的情形讓我十分高興。

「畢竟熱成這樣，對小孩子來說很危險呢。」

就算不考量抗性技能，我和露緹的體力還是有經過加護的強化。

儘管不是每個人都有像我們這樣的強度，每個大人身上都有加護，多少會比沒有加護的狀態更能耐熱。

可是加護仍未覺醒的孩童就不一樣了。他們撐不下去而暈倒的速度遠遠快於大人。

常常會聽說大人因為自己撐得住就不管孩子，結果孩子嚴重中暑昏倒的狀況。

盛夏期間，孩子在大人看得見的地方玩耍比較令人安心。

「我們倒是例外呢。」

露緹如此說道。

我和露緹剛出生就觸及加護了。

或許是因為我們的加護是「勇者」和「引導者」這種特殊的角色吧。

戴密斯神為了重現初代勇者的靈魂而造出「勇者」。

想必是為了讓「勇者」打從出生就如同「勇者」一般行動，才需要以衝動來限制人生方向吧。

至於「引導者」則是要將「勇者」守護至健全成長，所以也得一出生就觸及加護。

因此我們並沒有經歷過沒有加護的狀態。

「畢竟我們不是普通的小孩啊。」

「爸爸和媽媽都放著我們兩個不管。」

「這也沒辦法。」

我們並沒有把雙親當成生活中必需的對象。

這點讓我們和雙親之間的關係嚴重惡化……身為一般村民的雙親覺得我們真的就是異類。

可是「勇者」與「引導者」就是被打造成不會受到雙親這種要素的影響。

「勇者」是設計成無論父母親是怎樣的人，都能夠身心強健地成長。

也就是說，我們兩人的境遇也一如戴密斯神所想。

「不過那個時候和現在，哥哥都陪在我的身邊。」

露緹用沒有提購物袋的那隻手牽起我的手。

「無論戴密斯神當時有什麼企圖，就算我以前不是普通的小孩，都因為哥哥陪在身邊而過得很幸福。」

「我也是因為身邊有露緹，孩提時代才很幸福喔。」

「可是哥哥為了當上騎士就去了王都。」

「那、那是因為我知道露緹總有一天會踏上旅程……」

「這我知道，哥哥一直都在為我而努力。」

在夏日的陽光下走著走著，露緹罕見地望向遠方。

「儘管如此，我還是不禁覺得，要是能跟哥哥一起度過春夏秋冬就好了。」

「……是啊，那樣日子想必會很開心吧。」

「嗯。」

我想像著在氤氳熱氣的另一方，年幼的自己和露緹手牽手行走的樣子。

在這個世界上「孩童觸及加護時就會轉為大人」的思維算是根深柢固。

依照這種思路，一出生就觸及加護的我們沒有所謂的孩提時代。

「加護啊。」

我隨手折斷一根長在路邊的草，放到嘴上。

然後用它吹出「噗——」的聲音。

露緹驚訝得睜大眼睛。

「我不曉得哥哥會吹草笛。」

「當見習騎士的時候同事有教我，他跟我說若吹給妹妹看，妹妹一定會很高興。」

「原來是這樣，哥哥怎麼都沒跟我說？」

「……我想說這太孩子氣了。」

「那個時候的我是小孩子沒錯喔？」

「這麼說是沒錯……但我也是個孩子啊。」

當時我仍是個孩子，想讓露緹高興而好不容易學會吹草笛，後來卻擔心露緹對這種樸素的玩意兒不感興趣，就沒有吹給她看。

現在回想起來，露緹一定會高興的……可是那時的我只是剛遠離小小的村子，到王都那種大都會開始獨自生活的小孩子。

「原來哥哥也有那樣的時期啊。」

「當然嘍。」

「當時的哥哥也是小孩子呢。」

「是啊，我是個小孩子。」

我再次用草笛吹出「噗——」的聲響。

露緹說了聲「我也要吹」，就把草笛遞給她了。

她吹出「噗——」的聲音。

「真令人驚訝，妳很會吹耶。」

「我模仿哥哥，所以就會吹了。」

露緹噗哧一笑。

看見她的笑容，我也笑了。

或許是「Sin」的力量壓抑「勇者」之後過了滿長一段時間，露緹最近也會露出比較明顯的笑容了。

就像年幼的兄妹相處時會做的，我們兩個比較著彼此用草笛吹出的聲音，並且一同歡笑。

炎熱的夏日當中也有會讓人產生這種心情的時候。

＊　＊　＊

我進入廚房，烹調晚餐。

出門買東西時，似乎沒半個客人光顧店面。

夏季期間只能靠送藥給診所或商人來賺錢了。

「也得考量一下藥物庫存啊。」

要是照平時的步調製藥，藥物存量就會過多。

夏季期間山上也會長出種類豐富的藥草，而我的工作方式就改成把採來的藥草乾燥保存，或者磨成膏狀來儲存吧。

「雷德。」

從背後傳來莉特的聲音。

回頭一看，便發覺莉特穿著我的圍裙站在那裡。

她把頭髮綁至後腦杓，一副充滿幹勁的樣子。

「我也要幫忙！」

「謝謝，那當小菜的醃漬魚肉可以麻煩妳備料嗎？」

「好喔！」

莉特拿起菜刀就開始殺起虹鱒。

儘管每天用餐的菜色目前也都是我在做，不過像現在這樣，莉特一起幫忙的情況也變多了。

如果有人問我為什麼會這樣，那也只能說是「兩個人一起做菜很開心」。

當然了，假如有她的幫忙，我該做的事情就會減少，不過為莉特或露緹做菜這件事本來就是我的生活樂趣。

所以我們會一起做菜並非要增進效率，單純只是因為這樣很開心……理由就是這麼地單純且幸福。

今天的菜色是南方風味的花生燉菜、醃漬虹鱒、焗烤麵疙瘩、番茄彩椒沙拉、焦糖鬆餅，以及蜂蜜酒（Mead）。

這道燉菜需要好好花時間來燉煮，醃漬虹鱒也需要花上一段時間來醃漬。麵疙瘩要用麵粉來揉麵團，焦糖也需要一段時間熬煮。

哎呀，這可真是奢侈。

如果像平常那樣等到店鋪打烊後才開始做晚飯，八成會趕不上晚餐時間吧。

這是每個人都不工作的佐爾丹夏日才能烹調的晚餐菜色。

「將牛奶和奶油加熱，再慢慢加入麵粉……加完之後轉小火，再加入鹽巴與磨成粉的香草並充分攪拌。」

「雷德要做什麼呢？」

「要做麵疙瘩，最近常吃製粉所做的現成麵條，所以我想像這樣從麵團開始做成一道料理。」

「嗯～好香喔！」

「畢竟我很講究揉進麵團的香草比例，這一定好吃喔。」

「真令人期待！」

「莉特，妳手邊的事情做完之後可以幫我攪拌麵團嗎？」

「好喔，我這裡再切一下洋蔥就結束了。」

「嗯，那我來做醃魚的醬料，莉特就把麵團攪拌到變滑順。」

「攪拌好之後呢？」

「離開火爐，加入蛋黃與乳酪後繼續攪拌。攪好之後就要揉出形狀來收緊麵團，不過這部分交給具有料理技能的我來做會比較好吧。」

「知道了！」

在炎炎夏日當中，烹飪需要用火的菜色。

看了一下莉特的側臉，便發覺她綁起頭髮後露出來的脖子微微冒著汗滴。

不知為何，這讓我怦然心動。

「嗯？」

或許是察覺到我的視線，莉特轉向我這邊。

然後她的臉頰有點泛紅，看似開心地笑出來。

我莫名地覺得害羞而別開目光。

別開的目光就對上莉特攪拌鍋子的白皙玉手。

她的手指上有著藍寶石戒指。

那是我送的訂婚戒指。

「呵呵。」

「你怎麼了？」

「沒什麼，就覺得很幸福而已。」

我這麼說之後，莉特臉上便綻放了滿滿的笑容。

「我也一樣喔！」

後來我們倆之間有一陣子沒再交談。

揉成棍棒狀的麵團放著醒麵的期間，就要來處理花生燉菜。

我把花生碾碎磨成膏狀。

因為時常調合藥物，已經很習慣用研磨缽了。

莉特把材料切好放入鍋中。

她用菜刀在水嫩的紅色番茄上劃了幾刀。

那好像是上游某個山間村莊收成的番茄。

那個村莊在夏天也是相對涼快的地方，虹鱒也是在那裡捕獲的。

即使只是一般的番茄，顏色既新鮮又好看。

儘管不是更北邊的有名產地能採到的那種番茄，要拿來為日常的幸福餐桌增添色彩也已經很夠了。

「好啦，備料差不多就這樣了吧！」

再來只要加入辣椒和水，以及我努力碾碎的花生進去熬煮就行。

就在料理烹調得告一段落的時候——

「「辛苦了！」」

我們兩人互相對彼此說出這句話。

這樣子就夠了。

＊　＊　＊

圍著晚餐餐桌而座的有莉特、露緹、媞瑟、憂憂先生與我。

「今天晚餐很豐盛呢！」

如此說道的媞瑟，那張幾乎不會變化的面容浮現她最劇烈的訝異神情。

「最近常常耐不住夏季的炎熱就做了一些簡單菜色，想說偶爾奮發一下看看。」

「我取得料理技能以後也懂得做一些菜，所以看得出來這挺花時間的。」

媞瑟拿起裝有花生燉菜的容器。

「聞起來好香喔。」

「這是慕札利城的料理。正宗的做法應該是要淋在玉米粉做成的丸子上吃的。我做的版本則是有調整風味，可以直接當成一道燉菜。」

「我以前當殺手時有去過各種地方，但總是注重在溫泉與黑輪的地區性。」

「我沒注意過黑輪的地區性耶……真要說起來，黑輪是那種各地都有的菜色嗎？」

「儘管不是主流，不過若是仔細尋找，至少會找到一個拖著黑輪攤的人。」

「這我真不曉得。」

媞瑟吃下一口燉菜。

「這很好吃。」

「太好了。」

我也用湯匙開動。

花生和番茄的風味都有滲進雞肉當中，十分美味。

做得可真是不錯。

「熱呼呼的乳酪加上香草風味十足的麵疙瘩……真是美味！」

「好好吃，這樣的調味跟酸味很搭，而且口感也很好，今天也能吃到哥哥做的菜，好高興。」

莉特吃下加上乳酪的麵疙瘩並發表感想，露緹則是吃下虹鱒後這麼說。

我很喜歡做菜的時間，不過也很喜歡大家像這樣一起享用我做的菜色的時光。

和平的時間一點一滴流逝。

＊　＊　＊

晚上。

我和莉特躺在同一張床上，過著安穩的夜晚。

月光從窗戶灑進來，溫和地照亮熄燈的房間。

「古代遺跡探索結束後，佐爾丹就很和平呢。」

「是啊，現在大家都滿頹廢的。」

「畢竟天氣很熱……好想念洛嘉維亞的涼爽夏天喔。」

「我的故鄉也沒有這麼熱呢。」

和平且安穩，極度頹廢的季節。

剛來佐爾丹不久的時候還會想說要過慢生活，就刻意不做劍術訓練，儘管現在已經不會那樣，但是以前的我要是聽說「現在的我會因為炎熱提不起勁，進而偷懶不訓練」的話，想必會訝異得說不出話來，而我現在就是過著這種日子。

不對，至少有在腦海裡做意象訓練。

「我可是每天都有拿劍喔！」

「莉特很喜歡劍呢。」

「嗯，以前就很喜歡了。我都蹺掉公主的禮儀修養那類的課程，一有機會就練習劍術。」

「哈哈，可以想像莉特當時放肆調皮的樣子呢。」

「不過我開始會溜出城堡當冒險者之後，就有好好學習樂器和手工藝了。畢竟覺得要是一直蹺掉不學，其他人就會懷疑我到底都去做了什麼。」

莉特會去練習樂器和手工藝，其實就是公主需要學習婚前課程的概念。

許多家庭都會教導女兒書寫、算術、禮儀、詩歌、舞蹈、樂器、手工藝這類事物。

「莉特每一項都有學到啊。」

「算是吧，可惜每一項都半桶水，上不了檯面……不過我時常練習舞蹈，因為跳舞很開心。」

「如果出發點只是婚前課程，那些練習內容就沒辦法滿足莉特了啊。」

莉特並不是那種會乖乖等待政治婚姻的公主。

既然練習目的與自己的目標不同，理所當然沒辦法滿足她。

或許就是那樣的欲求不滿轉化為劍與冒險了吧。

「不過我的加護確定是『精靈斥候』時，父親大人應該也知道我沒有乖乖聽話。所以他才會為年幼的我打造一把護身用的劍，還安排忙碌的近衛兵隊隊長蓋烏斯當我的師父。」

莉特的父親——洛嘉維亞王讓莉特學習的並不是一般公主用來護身、運動的那種課本上的劍術，他認為莉特需要的是歷經許多戰場的蓋烏斯才能教導的實戰用劍術。

可以說他那樣的判斷是正確的。

「精靈斥候」是具有「守護森林聚落的斥候」這種責任的加護。她會具有守護共同體的意念，以及不想屬於共同體的士兵，想要自在行動的衝動。

那有一部分應該是源自於莉特原本的個性，不過事實上她就是有跑出城堡和庶民來往，以冒險者的身分行動。

莉特捨棄了待在城堡裡受人守護的公主生活，她選擇的是主動持劍守護人民的生活方式。

加護會對人生造成巨大的影響。

「不過，莉特會跑出城堡的那種個性不是只有受到加護的影響啊。」

「這當然！聽說父親大人以前事蹟的時候，我可是氣得不得了，覺得他怎麼有臉指責我！」

莉特這麼說，讓眉毛歪成倒八字形。

洛嘉維亞王還只是王子的年輕時期，好像和摯友蓋烏斯有過一段一同制裁壞領主與山賊的旅途，藉此讓世間更美好。

莉特的個性想必是遺傳自洛嘉維亞王。

加護是戴密斯神賜予的東西，每個人都沒辦法從父母的加護或人生繼承任何事物。

不過莉特的父親是洛嘉維亞王。

莉特有從她的父親那裡繼承到一些特質，程度也強烈到每個人都會這麼覺得。

加護並不是一個人的一切，而且加護也不會決定人生當中的一切。

莉特現在像這樣睡在我的臂彎當中，也是遠離加護責任後的結果。

「……好熱。」

莉特稍微跟我拉開了點距離。

……夏天的炎熱說不定比加護還難應付。

*　　*　　*

隔天。

我離開還是一樣沒有客人光顧的店面，送藥去兩間診所後，買了一朵花前往墓園。

離住宅區有段距離的墓園冷冷清清。

或許是因為沒人會在這麼炎熱的天氣來掃墓吧。

不過這裡並不安靜，夏季的昆蟲發出響亮的鳴叫聲。

我在日漸被雜草所覆蓋的路上前進。

彎過一個轉角之後，便看見有個尖耳朵戴草帽的小小人影蹲在地上。

「雷德哥哥！」

人影的真面目……半妖精少年坦塔發覺我過來以後，表情瞬間變得很燦爛。

「坦塔，這種大熱天你一個人來墓地是要做什麼啊。」

「我在清理墳墓喔。」

坦塔手上握著鐮刀，放在他左側的籃子裡則有著割下來的雜草。

「天氣這麼熱，你這樣很有心耶。」

「欸嘿嘿。」

坦塔一臉害羞地笑了。

「這墳墓是……」

「嗯，是舅媽的墓。」

他的舅媽也就是岡茲過世的妻子。

「她在我出生前就因病去世，所以不曉得她是怎樣的一個人……」

「畢竟岡茲也不太談那些啊。」

「岡茲舅舅講起跟舅媽之間的回憶就會很沮喪。」

岡茲是佐爾丹第一的頂級木匠。只要他有那個意思，一定會有人想和他結婚。

不過他保持單身，就是因為這輩子一直愛著過世的妻子。

坦塔患了白眼病而倒下的時候，岡茲會比坦塔親生母親娜歐他們還要驚慌失措，也是因為他很害怕珍視的人又會因病過世。

能夠拯救坦塔真是太好了。

「所以你沒有和岡茲一起來嗎？」

「嗯，他會在特別的日子過來，平常不太會來喔。」

「……這樣啊。」

「所以我才會像這樣子做清理。神父說墓地是活著的人們祈福的地方，只要能夠祈福，就算有長草之類的也沒關係……可是呢，嗯～該怎麼說才好啊。」

「這裡是有回憶的地方，就是會想整理得乾乾淨淨吧。」

「對！我就是想說這個！」

坦塔點了好幾下頭。

死者會轉生，在下輩子化作另一個生命活下去。

所以墓裡沒有任何人——這是聖方教會的教誨。

「岡茲舅舅一來墓地就會很傷心所以不太常來，可是他來的時候要是看見這裡一團亂，我覺得他一定會更傷心。」

「是啊。」

「所以我才想要清理乾淨。雖然沒見過舅媽，但她是岡茲舅舅喜歡的人，我一定也會喜歡上她。」

坦塔這麼說並露出白牙，笑了出來。

他想必是因為確實傳達了自己的想法，覺得很高興吧。

那是很符合一名孩童的笑容……他的內心也像小孩子一樣直率。

「可以讓我幫忙嗎？」

「你要幫我忙嗎！」

「嗯，既然她是岡茲和坦塔會喜歡的人，那也是我會喜歡的人嘍。」

「欸嘿嘿，謝謝雷德哥哥！」

我抽出佩在腰際的銅劍，割起與坦塔相反方向的雜草。

「雷德哥哥不必顧店嗎？」

「嗯，今天麻煩莉特幫忙顧店……這個我只跟你說啊，夏天店裡幾乎沒人光顧。」

「啊哈哈，佐爾丹人都很了解啦。」

清理期間，我們兩人也是閒話家常並笑出聲來。

岡茲沒有小孩。

既然他要一輩子單身，那以後也不會有孩子誕生吧。

或許就是因為這樣，岡茲才會十分疼愛坦塔這個姪子。

坦塔說他想要當木匠的時候，據說岡茲高興得不得了。

除了父母親米德和娜歐遺傳的特質以外，坦塔身上也確實有著繼承自岡茲的事物。

既然如此，這也就代表坦塔現在會在這裡，也是因為有岡茲和他妻子的影響。

儘管加護是神所賜予，血肉是繼承自雙親，也有一些事物是透過愛情來繼承的。

我沒有見過坦塔的舅媽，而她的靈魂也被戴密斯神送至來世，已不在這世上任何地方了。

不過她已經化作坦塔的一部分，確實存在於此……我和坦塔聊天時如此心想。

＊　＊　＊

「我也要幫雷德哥哥掃墓！」

將坦塔舅媽的墳墓清理乾淨以後，我和坦塔就到墓園附近的水井喝水休息。

清涼的井水好像滲進了要被夏季炎熱烘得乾巴巴的身體。

「雷德哥哥也是來掃墓的吧？」

「你有這個心意我很高興，可是這樣好嗎？沒有要跟朋友一起玩之類的？」

「嗯～夏季期間大家都只會待在家裡玩……但我比較喜歡在外面玩，所以常常一個人待著。」

「外頭這麼熱耶，你不覺得難受？」

「嗯，我從以前就不太怕熱也不太怕冷！很厲害吧！」

「真了不起，但還是不能太逞強喔。這種熱度對孩童來說太危險了。」

「這我知道，不過我可是比雷德哥哥更了解佐爾丹喔！」

「這麼講也對啦。」

坦塔是生於佐爾丹的半妖精。

他比我更熟悉夏季的危險。

「坦塔加護的狀況如何？應該差不多要到能接觸的時期了。」

「我不太清楚，不過在睡前之類的時候多少會有種心中有個東西輕飄飄的感覺。」

「那或許是自己察覺到加護的徵兆。」

「……嗯。」

「我是不會隨口說出要你放心之類的場面話……但我真的想幫你走上你想走的前途。坦塔是我很重要的朋友。」

「謝謝你，雷德哥哥……我果然還是很不安。我想當木匠，可是害怕自己碰上不好的加護。」

坦塔還沒接觸到加護。

可是對於這種酷熱的強大抵禦力……就是仍在沉睡的加護的影響……

「不對，應該……不會是那樣。」

無論加護有多麼強大，都要先觸及加護才能得到其恩惠與衝動。

就算坦塔體內沉睡著「樞機卿（Cardinal）」這種強大的加護，對抗這種酷熱的強大抵禦力應該也是坦塔自身的能力才對。

『坦塔所獲得的責任和我一樣是「樞機卿」。』

我回想起梵的夥伴——劉布樞機卿對我說的那番話。

樞機卿在聖方教會也是很特別的職位。

那是教會的最高幹部，做出決策的單位。領導教會的神父也是由樞機卿們選出。

就是因為性質如此特別，這種職位才只能讓「樞機卿」加護的持有者擔任。

所以「樞機卿」加護持有者全都會被送去教會，在他人的祈願之下過著以樞機卿一職為目標的人生。

當然了，那樣的人生會有相應的回報。樞機卿掌握的權力十分強大，只要好好運用就能享盡財富與名聲。

當一個偉大的人，度過偉大的人生……成為樞機卿以後就能這樣。

然而，坦塔的夢想是成為一名木匠。

他並不是要成為偉大的樞機卿，而是想要成為像岡茲一般偉大的木匠。

「雷德哥哥？」

「嗯，啊，我發呆了一下。」

「你還好嗎？跟我比起來，雷德哥哥相當不耐熱吧？」

「啊哈哈，我沒事。」

我笑著站起身來。

「差不多該過去啦。」

「嗯！」

我牽起坦塔的手。

有著符合少年的柔軟，不過指節有點硬。

聽說他最近在練習如何使用木工用具，那或許就是原因吧。

我和坦塔前去艾瑞斯的墳墓。

夏季的雜草長得很快。艾瑞斯的墓四周覆蓋著長到膝蓋高度的雜草。

「我明明每個月都有來一次。」

「這比起其他人的墳墓好很多囉。」

我和坦塔分頭開始割起雜草。

就如坦塔所說，其他人的墳墓大多連墓碑都被雜草給覆蓋了。

這有一部分應該是佐爾丹人的個性使然，不過若要說墓地是令人想起回憶的場所，回憶本身也是會隨著時間經過而忘卻的事物。

被所有人忘卻而朽壞的墓地，會在管理墓園的教會判斷下遭到破壞。

墳墓受到那種處置之後，留下的只有墓園深處的石板上以小字刻上的名字。落到那種地步後就稱不上有什麼回憶，只是單純的紀錄而已。

「我說啊，坦塔。」

「怎麼了？」

「我死了以後，你能不能一年一次，不，就算三年一次也好，可以幫我來掃這小子的墓嗎？」

「咦？雷德哥哥是生病了還怎樣嗎！」

坦塔一臉要哭出來的表情這麼說道。

「不、不是啦！我指的是壽命到盡頭的時候！」

我急忙否定。

坦塔目瞪口呆以後便嘻嘻笑了出來。

「雷德哥哥又不是那種老爺爺！說這種奇怪的話讓我嚇一大跳耶。」

「啊，嗯……說得也是，或許是因為天氣太熱了吧，最近就是很容易陷入感傷。」

「陷入感傷？」

「意思是發生一點小事也會影響到我的情緒。像是比較會掉眼淚之類的。」

「啊──我知道了！雷德哥哥有先喝酒吧！」

「沒啦……」

「嗯～岡茲舅舅如果喝了酒就很會哭，所以我想說你一定也喝了酒。」

原來如此。

我笑出聲後，坦塔也一起笑了出來。

「欸，這座墳墓的艾瑞斯是雷德哥哥的朋友嗎？」

「嗯……不，應該不算朋友吧。」

「咦，不是嗎？那就是弟弟之類的！」

我不禁噴笑。

如果艾瑞斯是我弟……日子可就很難過了。

「不，他也不是我的親人。」

「那你為什麼會來掃他的墓？」

為什麼。

這還真是難以化作言語的情感。

「應該是因為有一段回憶吧。」

「嗯……」

後來我們有一小段時間都默默地除草。

沒過多久又開始閒話家常，講到米德把以前用來提高加護等級的劍拔出來後，發覺已經生鏽，結果被娜歐臭罵一頓的事情時，墓地也已經清理完了。

我把買來的花朵供在墓前，然後站起身。

「回家吧。」

「嗯！」

這個時候，坦塔一下子迅速地轉向身後。

「怎麼了？」

「總覺得好像有人在看著我……」

「有人在看你？」

「嗯，身高很高，穿著白衣服……好像全身上下都很白的女人看著我這邊……」

我把意識專注在坦塔的視線前方。

沒有任何人的氣息。

就算我因為過著和平的日子而使得身手有些遲鈍，佐爾丹裡頭應該還是沒人能靠得這麼近，還讓我察覺不到任何跡象。

當然了，如果是露緹和媞瑟就另當別論。

「我想應該沒有人喔。」

「嗯～是我多心了嗎……總覺得有點可怕耶。」

坦塔的表情變得陰鬱。

畢竟這裡是墓園，坦塔好像挺害怕的樣子。

「沒事的，跟我待在一起，碰上什麼對手都能輕鬆解決。」

「真的嗎？」

「真的，就算有巨龍過來我也要把牠趕走。」

「啊哈哈，就算是雷德哥哥，那麼做也太魯莽了。」

「沒那回事，只要是為了坦塔，趕走巨龍也只是小菜一碟。」

「嘿嘿，謝謝……雷德哥哥遇上困難的時候，我也會去幫你的。」

「嗯，就靠你囉。」

坦塔有點害臊地笑了。

「對了，最近我這邊的事情好不容易告一段落，而且坦塔看來很不怕熱……這陣子找個時間去海邊玩吧。」

「去海邊！」

「把帳篷也帶過去，直接住在外面玩一玩如何？租船到近海釣魚也挺不錯喔。」

「要睡在帳篷裡？要在船上釣魚？哇～哇～！」

坦塔亢奮地靜不下來。

「你沒騙我吧！說好了喔！」

「不過要先得到米德和娜歐的同意就是了。」

「這個不成問題，我如果說要跟雷德哥哥一起出去，他們一定會說好的！」

我並不是有什麼特別的規畫。

只是因為坦塔在墓園看見某種東西而害怕，想要讓他開心一點才會這麼提議。

而且他也有自己感受到加護的徵兆，那種時候假如有我在他身邊，想必也能立刻找我諮詢——我心裡也有這樣小小的心願。

「你不能反悔喔！」

看見坦塔為我一時興起的想法開心成這樣，就覺得這樣提議真的是正確的決定，也跟著高興起來。

回家以後也邀請莉特和露緹她們吧。

＊　＊　＊

傍晚。雷德&莉特藥草店。

「那我們就去島上旅遊吧！」

聽了我的提議，莉特便探出身子這麼說。

桌上放有昨天做菜剩下的蛋白做成的蛋白餅，以及有檸檬漂浮其中的水瓶。

「去島上？」

我訝異地回問。

畢竟沒料到她會這麼回應。

「對，去島上！佐爾丹南方有座滿適合游泳的島嶼。那裡好像也很容易收集食材，應該很適合放暑假吧？」

「那裡撐得過暴風雨嗎？」

「嗯，海岸很危險，但聽說島內的聚落有可以撐過暴風雨的地方。」

「這樣子應該就沒問題。去島上既能享受海水浴也能露營。」

想著想著就開心起來了。

這下子也得把燒烤用具都帶過去才行。

「也邀請娜歐和岡茲他們，我們這邊也把露緹、媞瑟、亞蘭朵菈菈一起找來，大家一起去玩吧！」

「反正岡茲也不會工作啊。」

既然都要偷懶，就給他懶到底吧。

莉特看見我有意照她的意思進行，就一臉高興地笑著。

看來今年夏天會很歡樂呢！

第二章 假期與夏日海灘

自佐爾丹乘船向南航行約一小時。

拿錢付給要去島上賣雜貨的商人以後，他就讓我們上船了。

小船上的一根桅柱揚起三角帆。

這種船只需要兩個船員就能運行，在有風的狀態下就算是逆風也能夠前進。

這是阿瓦隆尼亞王國以東的南海常見的小型船，儘管裝載量少但能靈活移動，遇上逆風或弱風也不必擔憂，因而廣泛受到利用，在漁業與貿易等領域都看得見。

這艘船似乎是從移居佐爾丹的行船人那裡買來的二手船隻，以柚木製成的船體充滿歲月的痕跡。

儘管我們不是乘上豪華客船遊覽……

「爸爸，你看！海豚跳起來嘍！」

「真的呀？爸爸沒看到耶。」

「真是的！你要好好看著啦！」

坦塔和米德的身子探出船邊，開心地喧鬧著。

娜歐在一旁告誡他們倆不要吵吵鬧鬧，不過最後還是一起歡笑。

他們看起來都很開心。

我看向操縱船隻的商人，便發覺他看著吵吵鬧鬧的坦塔一家人露出暖心的微笑。

這位商人是個好人啊。

「謝謝你啊，雷德，邀我們來一段這麼開心的旅遊。」

「岡茲，我們都還沒到島上耶。」

「你看他們都興奮成那樣了。坦塔可是第一次離開佐爾丹，這將會是他一生難忘的回憶。」

岡茲瞇起眼睛，好像很高興地望著仍在嬉鬧的坦塔的側臉。

「就老礦龍氣象台的預報來看，好像暫時不會有暴風雨，這天氣正好出來旅遊！」

莉特如此說道。

她手上的盤子裡擺著切好的梨子。

露緹、媞瑟與憂憂先生在莉特身後津津有味地吃著梨子。

亞蘭朵菈菈則是在幫忙商人操控船隻。

船尾的舵則是商人的部下在操作。

「大家能一起來真是太好了。」

「是啊，真不愧是佐爾丹。」

「就是這樣，假如有誰在全家出遊的場合說要留下來工作啊，那個人一定不是佐爾丹人！」

岡茲抬頭挺胸地這麼回答。

他的樣子有夠得意。

「啊，坦塔！有海豚喔！」

米德喊出聲來。

看見平時沉穩的米德興奮成那樣，邀他來的我也跟著高興起來。

「我們是第一次全家出來旅行。」

「原來是這樣啊。」

「畢竟外頭有怪物呀。我一個人出來倒是還好，要帶坦塔一起出來果然還是會害怕……莉特小姐有一起來讓我很放心就是了。」

「包在我身上，無論是巨龍還是巨人我都會擺平的！」

「啊哈哈，島上沒有那種怪物啦。」

掌舵的商人笑著說道。

「注意，看得見島嶼嘍！」

所有人的視線一起轉向商人手指的方向。

可以看見遠處有個小小的影子。

那正是我們的目的地「悔恨島（Regret）」。

「這名字聽起來有點毛毛的耶。」

「剛發現那座島的時候，島嶼四周好像有奇怪的海流。」

商人如此回應。

「奇怪的海流？」

「那種海流好像要被吸進東邊的礁石一樣，害得許多漁船遇難了的樣子。」

「原來是那麼難登陸的島啊！」

「沒啦，不曉得是有地殼變動，還是以前的故事加油添醋太多，至少現在是沒那樣的海流。別靠近東邊的礁石，海面就沒什麼好擔心的。島上的居民也很少用悔恨島這名字來稱呼，大多都是從島的形狀取名，叫它麵叉島。」

「麵叉島！」

坦塔聽見那番話，似是覺得很有趣地笑了出來。

「儘管沒有危險的海流，靠近島嶼的時候還是會因為波浪而有點搖晃，麻煩各位客人坐著等一下啊！」

船隻逐漸靠近夏季陽光所照耀的島嶼。

＊　＊　＊

「白色的沙灘、藍色的大海、隨風搖曳的椰子樹、在水邊行走的螃蟹……嗯～太完美了！」

莉特高舉雙手喊叫。

她身旁的露緹、媞瑟、憂憂先生也高舉著雙手。

眼前這一大片景色確實美得令人情緒激昂。

「好～立刻來游泳嘍！」

「等一下等一下，要先把行李搬下來。還得去聚落打聲招呼才行。」

「咦～」

莉特鼓起臉頰。

當然了，莉特也知道外人突然來到島上，就會讓聚落的居民有所戒備。

到達旅行者不會頻繁來往的地方後得先去知會一聲，這是所有旅行者的常識。

莉特她們那樣只是在開玩笑。

大家就是開心到會想開這樣的玩笑。

「先別說那些了，快來船上幫忙搬行李。」

「好～」

我們分工合作把行李搬下來。

不過行李也沒有多到會花很多時間。

＊　＊　＊

聚落位於島嶼西方。

由於我們登陸的海邊棧橋位於北方，要往西南方步行一陣子。

路上的雜草都有割過，清理得很乾淨且便於行走。

道路整頓得比佐爾丹還要好啊。

「在那裡喔。」

走在前面的商人說道。

島上稍微往內走的地方有個聚落。

那是由椰子樹林圍住，一個平靜的地方。

那裡的地形剛好也容易讓風勢消散，遇上暴風雨的時候應該也相對安全。

從房屋數量來看，大概有二十人住在這吧。

「居然有旅客，這可真是稀奇啊。」

村長搔著厚實的眼皮說道。

這村子的地位似乎是世襲制，他家似乎是繼承漁船時也一併繼承了村長一職。

「這裡是個什麼都沒有的地方，各位就放輕鬆待在這吧。還請千萬不要對漁網動什麼手腳。」

「這是當然。」

「食材等物品我們多少可以幫忙處理，現在這個季節是肥滋滋的南海鮭(South Salmon)向西游的時候，很好吃喔。」

「真不錯，我帶來的食材預計在明天會全部吃完，之後就來做鮭魚料裡吧。」

聚落對我們的態度很友善。這有一部分或許是因為他們個性悠哉，不過主因應該是我們是會提供銀幣的稀客。

商人接下來會回佐爾丹，預定四天後再來接我們。島民也因為屆時可以用我們支付的銀幣購買想要的雜貨而十分高興。

既然能營造出這樣的狀況，旅遊中遇到麻煩的機會也就很少。

看來這次旅行會過得挺開心。

「……啊，話說回來。」

「怎麼了？」

「沒什麼……島嶼東南邊很危險，最好不要靠近那邊喔，那裡也沒有什麼看了會開心的東西。」

「嗯，我們知道了。」

他到底是指什麼呢，這種說法有點令人在意耶。

後來我們平安地打完招呼，商人也回去佐爾丹了。

現在就要開始旅遊的重頭戲啦！

＊　＊　＊

終於……

「「是大海啊——！」」

我和坦塔異口同聲地大叫。

儘管我們從早上就一直看海看到現在，不過接下來要看見的景色可不一樣。

我們身上穿著泳裝。

也就是說，接下來要去游泳。

我們選擇停留的地方，是從有棧橋的沙灘沿著海岸往東走的岸邊。

這裡應該不會影響到聚落漁夫們的工作，可以大玩特玩一番。

「我是第一次來島上游泳耶。」

「喂～你們幾個游泳前要先暖身喔。」

米德和岡茲也身穿泳裝。

米德好像是為了今天特地去買了一套新的泳裝。

說不定他比坦塔更期待這次的旅遊。

「暖身很重要。」

「哇！」

坦塔背後忽然傳出聲音。

這讓他嚇得跳了起來。

「媞瑟、憂憂先生。」

媞瑟穿著一件式的泳衣。

憂憂先生頭上也戴著小小的像泳帽一樣的物品，不過那應該沒什麼意義。

「真要說起來，憂憂先生能游泳嗎？」

對於我的問題，憂憂先生用力地挺起胸來。

看來他對游泳挺有自信。

蜘蛛也擅長待在水中嗎？

「咦，你說如果有風還能在天上飛？」

他在風很大的地方好像可以把蜘蛛絲編成帆狀，藉此飛上空中。

就連與戴密斯神對戰過的我都沒辦法飛耶……好令人羨慕。

「媞瑟，妳換裝速度也太快了吧。」

「每次都是媞瑟一下子就換好衣服，她是換衣專家。」

莉特、露緹、亞蘭朵菈菈、娜歐也晚了一步過來。

莉特身上的是以前穿過，帶有紅白條紋的繞頸露背式泳衣。

露緹穿的是和頭髮上緞帶顏色一樣的比基尼，外頭再套上一件薄襯衫。

亞蘭朵菈菈那件則是在胸口中央用緞帶打結固定，較為寬鬆的泳裝。

「我有帶浮標過來，大家就放心游到沒力吧！」

「不不不，娜歐小姐，那樣有點……」

說了那種話而豪邁地笑著的娜歐小姐，則是在白色泳衣上頭套了件襯衫。

「娜歐小姐不游嗎？」

「啊哈哈……其實我還有點暈船，打算在岸邊再休息一下。」

「媽媽暈船了啊？」

「這也沒辦法呀，畢竟我出生到現在第一次搭船。」

如此說道的娜歐露出有點害羞的表情。

本來還想說她比吵鬧的坦塔和米德沉著穩重，原來是暈船了啊。

有些人暈船會暈得很嚴重還嘔吐，也有人症狀很輕卻會不舒服很長一段時間。

看來娜歐屬於後者。

「還好嗎？如果不舒服，我留下來陪妳。」

米德擔心地這麼說。

娜歐甩了甩手掌。

「沒必要啦，只是有點不舒服而已。別管我了，你就跟坦塔一起去玩吧。」

「可是……」

「啊～別婆婆媽媽的，快給我去游泳！」

米德好像還有點猶豫，不過他點頭後就讓坦塔坐到他肩膀上。

「好啦～坦塔，我們衝嘍！」

「嗯！」

他們倆在沙灘上奔跑。

後來就這樣直接衝進海裡。

「欸，你們也快點去玩吧。」

「知道啦，只是妳如果有說一聲就可以給妳暈船藥的。」

「我也不知道自己其實在暈船嘛……這也是一段美好的回憶啊。」

出生至今第一次乘船旅遊，出生至今第一次暈船。

坐在椰子樹樹蔭下的娜歐臉色看起來有點差，不過表情看起來滿開心的。

＊　＊　＊

白色沙灘上受波浪拍打的岸邊染上濕透的顏色。

映出藍天的水平線上飄著白色雲朵。

「好舒服喔～！」

剛才還潛在海裡的莉特濺起水花，探出頭來。

她大幅搖動的胸部好像要把我的視線吸引過去一般，不過現在有其他人在，我就自律點了。

「雷德也來游嘛！有夠讚的！」

「嗯，我再等一下就過去。」

我望著大家在水深差不多到膝蓋的位置玩樂的景象。

亞蘭朵莁莁正以俐落的泳姿游泳。

她鍛鍊得柔中帶剛的身體很美。

媞瑟只有臉蛋露出海面，隨著波浪搖搖晃晃。

憂憂先生……好像是靠纏在腳上的蜘蛛絲漂浮，乘在波浪上享受著大海。

真是一隻高性能的蜘蛛。

「哥哥。」

「露緹。」

身穿泳衣的露緹站在水邊。

她兩手交握在背後，我重新面向她之後，她的臉頰有點泛紅，羞澀似的笑了。

「泳衣……」

「這是妳為了今天買的泳衣吧？」

「嗯。」

露緹點點頭。

「其實我本來想訂作一件，但時間來不及。」

「這件泳衣很可愛，也很適合妳喔。」

「這樣啊……太好了。」

實際上，露緹穿泳衣的樣子很適合她，也很可愛。

她套在身上的襯衫浸濕成半透明，使得上半身的紅色比基尼十分顯眼。一開始還想說「難不成她要就這樣穿著襯衫游泳」而嚇了一跳，原來這種設計是要營造出這樣的效果啊。襯衫底下透出來的身體曲線給人很健康的印象，也很美麗。

她下半身穿的是用繩子在側邊打結，偏低腰的小泳褲，這也挺可愛的。

我覺得露緹本來就很可愛，穿什麼都很好看，不過她今天穿的泳衣又特別可愛。

佐爾丹是高溫地區的河邊城鎮，居民因此有穿泳裝的需求，會製作泳裝的店鋪也很多。不過露緹現在穿的泳衣，想必也是特別可愛的一件。

她到底是在哪間店買的呢？

晚點是不是該去道個謝啊？

「哥哥？」

「嗯，這件真的很適合妳。」
由於這件事很重要，我就再說一次吧。
無論是什麼事情，明確地傳達給對方都很重要。
「呵呵。」
露緹開心似的露出微笑。
她好像在害羞。
不過露緹的表情忽然變得嚴肅。
「怎麼了？」
「哥哥，我有個心願。」
「只要是露緹的心願，無論是什麼我都會幫忙達成喔。」
露緹先吸了一口氣，然後緩緩地呼出來。
然後她看著我的眼睛，張嘴說道：
「接下來，我會用『Sin』的力量讓我的『勇者』完全沉睡。」
原來是要讓「勇者」加護沉睡啊，她到底打算做什麼呢？
「然後我想在海邊跟哥哥一起玩耍。」
「咦？」

露緹的表情很認真。

不過她的提議十分平穩。

「不行嗎？」

「不，不是不行。」

露緹有點收斂地小動作對我潑水。

「妳很敢嘛！」

我刻意誇張地這麼說，也對露緹潑回去。

露緹讓海水正面噴上自己，然後眨了眨眼。

「眼睛會刺刺的呢。」

「因為是海水啊。如果不使用『勇者』的力量，就要記得別開臉蛋，或者閉上眼睛才行。」

「原來如此。」

露緹手一碰上海水，就用比一開始更大的力氣潑水過來。

我立刻把臉別開，淋著海水。

我們互相潑水、相互追逐，後來兩人一起倒進海裡。

封住「勇者」的力量後，露緹盡全力玩耍也不會傷到玩伴。

露緹對於玩耍傾注的心力漸漸地變多。

然後——

「啊哈哈……！」

露緹明確地發出了聲音。

她瞇起眼睛、放鬆臉頰、露出白牙，用這裡的每個人都能清楚聽見的聲音——

「啊哈哈哈！哥哥，好開心喔！」

十分開心地笑著。

這裡已經沒有「勇者」了。

無論看在誰的眼裡，那都只是一名在享受夏天的少女。

＊　＊　＊

黃昏時刻。

設置好由我們使用，以及坦塔他們一家人用的兩個帳篷後，我們就為了達成下一個目的進行作業。

「雷德哥哥，我完成嘍！」

「嗯，坦塔，你很會耶。」

坦塔得意地要我看的是燒烤器具中燒紅的炭火。

用打火石生火需要點竅門，但坦塔沒花多少時間就俐落地生起火來了。

「來，這是獎勵。」

我遞給坦塔的盤子裡擺著幾份前菜，那些前菜是將番茄和乳酪放在切成薄片的長棍麵包上。

「你什麼時候做好的！」

「燒烤食材備料時順便做的嘍！幫忙分配給大家吧。」

「什麼嘛，不是只給我的獎勵喔。」

坦塔儘管這麼說還是露齒微笑，去其他人那邊分發前菜。

「那麼來烤吧。」

我把帶過來的豬肉切成厚片再串起來。

蔬菜則是抹上橄欖油再烤。

培根與香腸的準備也很充分。

我們也有帶乳酪和醃黃瓜過來，到時跟烤好的肉一起放上長棍麵包配著吃應該也不錯吧。

「嗯嗯，雷德先生的作風是這樣啊。」

「媞瑟、露緹、憂憂先生。」

媞瑟和露緹似是充滿興趣地看著我的做法。

在媞瑟頭上的憂憂先生輕輕一跳，便俐落地捉住被肉吸引過來的蟲子。

「就像黑輪一樣，不同地區的燒烤做法也差很多。」

「是啊，我的做法是上一份工作裡學到的。」

待在巴哈姆特騎士團的時候，有人教我怎麼烤肉……應該說是被逼著學會。

不知道為什麼，王都的騎士團對燒烤非常講究。

一年有三個場合，也就是騎士團全體演習、王都走龍槍技競賽，以及建國紀念日的那一天，各個騎士團的見習生都得安排好燒烤的相關事務，可是資深的騎士們對燒烤十分嚴厲，彷彿那攸關騎士團的門面一樣。

巴哈姆特騎士團的規矩是要選用豬肉串起來烤，等待烤好的時間要上前菜。

見習時期的我覺得那是麻煩到莫名其妙的活動，不過現在回想起來也會覺得……那是能與夥伴建立團結、學習怎麼規劃事情，與克服戰場上一切不合理的一種訓練。

「我的職場是會把肉切成薄片，直接拿去烤熟。」

「哦，那樣也不錯啊。」

殺手公會似乎也很講究燒烤。

燒烤是在野外製作的簡單料理，只需要把食材拿去烤，不需要細緻的器具與工法。不過也正因為如此，才會有許多的人製作這種料理，進而產生地區性的差異……真是有趣呢。

「明天換媞瑟來做燒烤如何？」

「這座島上能拿到肉品嗎？」

「頂多就野鳥吧，要用魚肉應該可以得到就是了。」

阿瓦隆尼亞王國很少有地區是用魚肉和貝類來做燒烤。

我是滿想吃一次看看……待在島上的時候就來做做看吧。

雖然不知道詳細做法，不過重點是有烤熟就行，再怎樣應該都不會多難吃。

「或許就是這樣才出現地區性的差異吧。」

「嗯嗯，跟黑輪一樣。」

媞瑟好像十分同意般點了好幾次頭。

「也就是說，燒烤竹輪也很合理。」

媞瑟一副想到什麼靈感的樣子，自己在那邊碎碎唸。

取得料理技能以後，媞瑟就時不時會用竹輪做一些創意料理。

目前成功率大概占六成。

「哥哥。」

聊著這些事的時候，露緹像要貼近我身邊一樣站過來。

「我也想幫忙。」

「嗯——注意火候的部分由一個人來負責比較好耶。」

「這樣啊……」

「這部分的做法也有地區性的差異，有些地方是每個人各自顧好自己那一份烤得如何。」

我這麼說的同時把肉翻了一圈。

肉汁滴落，炭火發出滋滋聲。

看起來很好吃。

「我想說待在島上的期間還要再來一次燒烤，露緹下次要不要也來做做看？」

「嗯，我想做做看。」

「那妳要好好看清楚我怎麼做的喔。」

露緹在旁邊十分認真地凝視我和正在烤的肉。

我烤著這些肉的同時也對她說明。

既然能讓露緹樂在其中，我在騎士團辛苦學到的燒烤知識也不是白學的。

＊　＊　＊

赤紅的太陽漸漸接近水平線，潔白的月亮也掛上紫色的天空。

「雷德哥哥，這個有夠好吃！」

「坦塔喜歡吃香腸啊。」

「嗯，不過這比家裡吃的香腸還好吃！有什麼祕密嗎？」

「這就是我昨天去市場買的香腸喔。只是拿來烤一烤再灑上鹽巴和胡椒。」

「可是這香腸絕對比較好吃耶？」

「其實我有個私藏的祕密喔。」

「什麼祕密！」

「料理的味道會依據用餐地點而有所變化。」

「咦咦！意思是在島上吃料理就會變好吃嗎！」

坦塔訝異地大聲說話。

我把手指抵在嘴上發出「噓——」的聲音，坦塔就用兩手摀住自己的嘴巴並且點了點頭。

味道是用心來感受的。

就算料理的味道相同，只要內心有所變化，感受到的滋味也會改變。

和平時居住的城鎮隔著一片大海，在孤島海岸邊吃的燒烤……這個地方想必就是最棒的調味料了。

「正如雷德所說，在這麼棒的地方吃的肉就是會比平時好吃呢。」

「莉特。」

莉特拿著裝有大量料理的盤子，表情一臉幸福。

「這個肉啊，就會讓人覺得『是肉耶！』，有夠棒的！」

「調味比較單純，使得肉本身的美味更突出了。」

「我也想吃！」

看來坦塔是因為莉特吃得津津有味，也想吃吃看。

我笑著把坦塔的那一份肉放到盤子上。

「來，請用。」

「好耶～！謝謝雷德哥哥！」

「這些是為大家做的燒烤料理，想多吃一些就不要客氣，儘管說吧。」

「嗯！」

坦塔很高興地抖了抖耳朵，並且跑向已經沒在暈船，提起精神的娜歐那邊。

「坦塔真是個乖孩子。」

「是啊，雖然也有頑皮的一面，但他這種時候一定會好好道謝。」

當然了，坦塔這個孩子並不會將大人所說的話照單全收，也會惡作劇，並不是老是受人誇讚。

他也會因為做壞事而被責罵，會鬧彆扭也會哭。

包含這些要素在內，我可以斷言坦塔是個好孩子。

「我認識坦塔大概一年半了吧，比起剛遇見的時候，他真的成長了許多。」

「孩子成長得很快呢。」

坦塔踮起腳尖把臉靠到娜歐耳邊，說著悄悄話。

我想他應該是在對娜歐透露我剛剛說的，料理的味道會依據用餐地點而有所不同的祕密吧。

「呵呵。」

看見坦塔一家人那樣的光景，莉特露出暖心的微笑。

「我說啊，雷德。」

「嗯？」

「孩子要取什麼名字好呢？」

「咦！」

「訂婚的下一步就是結婚，再來就是生小孩了吧？」

「啊，嗯，說得也對。」

我不禁在坦塔他們一家人身上重疊自己和莉特的身影。

我們的孩子，也會養成像坦塔那麼好的孩子嗎？

「如果不是好孩子該怎麼辦？」

「當然還是會愛他啊。」

孩子不可能完全依照父母的想法成長。

甚至也有可能會討厭我。

「就算是那樣，既然他是我和莉特的孩子，我就理所當然會愛他。」

聽了我的回應，莉特悄悄地靠到我的身邊。

「好期待我們的將來呢。」

接下來是結婚，再來就是生小孩……莉特這番話在我腦海裡不停重複。

還在旅行的時候，我根本沒有想像過的幸福未來。

「嗯，真的很令人期待。」

我感受著莉特靠在身上的體溫，說出這樣的話語。

「……！」

這個時候，我和莉特感受到背後有股氣息便回過身去。

後面有一大片椰子樹和灌木構成的樹林。

「是誰？」

我對著樹林裡發問。

有個身材高挑的身影動作緩慢地自黃昏樹蔭下的暗處出現。

「對不起啊，我聽見好像很開心的聲音，又聞到似乎很美味的味道，就不禁想來查探狀況。」

出現的是一名身穿白衣的女性。

以女性來說，她的身高非常高。稍微超過一百八十公分。

不過令人矚目的並不是她的身高。

「妳眼睛不好嗎？」

女性用皮帶覆蓋著她的雙眼。

那樣應該什麼也看不見。

「因為我很久以前生了一場病。」

女性露出淺淺地笑容，就這樣把話說下去：

「沒事的，我也因為這樣，耳朵和鼻子變得十分敏銳。敏銳到可以像這樣子遇見各位，而且……」

女性細長的手臂朝我伸出來。

「我用這隻手來觸碰，其實比起用眼睛看更能夠深入了解對方。」

女性緩慢地行走著。

她雙手的手掌心面向我的臉，一步步靠近過來。

「雷德……！」

莉特有所戒備而擺起架式。

「妳是教會的人啊。」

女性的動作停止了。

「你怎麼知道？」

「有各種原因，不過重點是我是個藥商，仔細一看就知道妳是不是因病失明。」

「……原來如此。」

「妳是自己毀掉雙眼的吧？會做出這種事情的人，頂多只有聖方教會的苦行僧。」

說是這麼說，單靠這點也無法斷定。能夠斷定她是教會人士的理由，除了前述的原因外，還有她身上具有聖職者系的高階加護。

至於她的加護具體來說是聖職者系的哪一種加護，目前並不曉得。

她想必是為了苦行，以不合常理的方式取得了技能吧。

若一個人沒有以高效率的方式取得戰鬥用的技能，就很難從動作判斷特定的加護。

「這真是失禮了，由於我仍在修行，才不想被說是苦行中的聖職人員。假如有人以為我是德高望重的僧侶，可是會陷入傲慢之罪。」

苦行僧伸向我的手緩緩地垂下。

「我是苦行僧愛蕾麥特，就向戴密斯神感謝這一天吧。」

愛蕾麥特對我伸出垂下的右手。

「單純握個手應該沒關係吧？」

愛蕾麥特嘴巴微微張開，露出笑容。

我看向愛蕾麥特的手。

她的手既白皙又纖細。

該怎麼做呢？

一般狀況下要我握幾次手都沒問題，但她剛才所說的話很令人在意。

會不會是有什麼用手觸碰後便能發動的技能？

不對，她會不會是要看我對握手有沒有戒備，進而判斷我是不是單純的藥商、是否和許多危險的對手戰鬥過？

「妳好～」

莉特迅速地從一旁伸出手來，握起愛蕾麥特的右手。

「我叫莉特，在佐爾丹是滿有名的冒險者，妳應該知道吧？」

「莉特小姐……是嗎？」

「對，我和佐爾丹教會的席彥主教也是舊識。但不曉得這座島上有苦行僧呢。」

「我的修行叫做孤獨之行，也就是毀掉五感之一，並且在沒有人幫助的自然當中獨自生活。畢竟要是尋求教會援助，就不算修行了。」

莉特自然地繼續交談。

這段時間我後退幾步拉開距離。

「雷德哥哥，那個人是誰？」

「什麼啊，是一位有夠美的小姐耶。」

坦塔和岡茲過來了。

愛蕾麥特對嬌小的坦塔露出笑容，不過坦塔看見她用皮帶蓋住眼睛的面容後，有點害怕。

「我叫愛蕾麥特，是在這座島上修行的僧侶。」

「妳、妳好，我叫坦塔。」

「我叫岡茲，是個木匠。」

岡茲一臉悠哉地笑著。

多虧有他們，我得以自然地離開交談。

岡茲和莉特成了談話的中心，向愛蕾麥特詢問一些事情。

如果去人稱「聖地」的那種地方是可以看見教會的苦行僧，不過佐爾丹的城鎮應該沒有苦行僧才對。

岡茲和坦塔對於第一次看見的苦行僧好像滿有興趣的。

「苦行僧都要做些什麼啊？」

坦塔這麼發問。

「這個嘛，就我來說，我的修行是在這座島上的森林裡獨自生活。」

「這樣不寂寞嗎？」

「一開始或許挺寂寞吧，想必有感受到『這個世界只剩下自己一人』的孤獨。可是藉著那份孤獨，我也發覺到神的愛其實就伴隨在自己身邊。就是為了察覺這點才要修行的喔。」

「聽不太懂。」

「我發覺到，我們打從出生就充滿了神的愛。」

愛蕾麥特繼續說下去。

她好像有點亢奮……可以看出她有堅定不移的信仰。

「我們打從一開始就得到了一切，於現世取得的事物全都是空虛的。只要察覺到這點，就能看見這世界真正的美好之處。來，看著我的眼睛吧，失去之後才知道已足夠，我這雙眼正是真理的一部分。」

愛蕾麥特的手指觸碰蓋住雙眼的皮帶。坦塔的臉因恐懼而僵硬。

她做過頭了。

「快走開，我會生氣喔。」

「妳別這樣嚇我們家的孩子。」

在我行動前，莉特和岡茲先插手了。

愛蕾麥特觸碰皮帶的手指停下動作，悄悄地放下。

「這可真是失禮，看來是我太習慣孤獨了……我這種人果然還不適合傳教。」

愛蕾麥特退開一步。

「我們的情況如妳所見，妳在做孤獨的修行，混進我們這群烤肉的人沒關係嗎？」

莉特的話語讓愛蕾麥特露出微笑。

「嗯，我是感受到和島民不同的氣息才想過來看看，看來是心慌意亂了呢，不小心在這裡待了好長一段時間。」

愛蕾麥特這麼說並低下頭。

「非常抱歉叨擾到各位，願神的庇護與各位同在。」

「妳住在哪一帶？我們不想妨礙到修行，不會去靠近妳居住的地方。」

「感謝各位的顧慮。我住在島嶼東南邊的森林裡，那裡叫做陰暗森林。」

又是聽起來不太吉利的地名啊……

不過就地形來推測，東南方應該是植物容易生長的環境，所以有蓊鬱茂密的森林。林木遮擋了陽光，森林裡連白天都很陰暗，為了不讓小孩子跑進去就取了個不吉利又容易理解的名字……大概是這樣吧。

「那我就先和各位告辭了。」

「好，希望妳的修行順利。」

愛蕾麥特回到森林裡。

她應該有把草叢撥開才對，卻沒有製造出任何聲響。

「苦行僧可真是奇怪的人。」

「岡茲舅舅，對方聽得見喔。」

岡茲聳了聳肩。

我露出苦笑。

「我也有一樣的感受呢。」

「雷德哥哥也這樣！」

我們笑了出來。

已經恢復至原本的氛圍了。

我把燒烤料理盛進岡茲和坦塔的空盤子之後，他們倆就回去米德他們那裡了。

「……什麼事都沒發生嗎？」

我詢問莉特。

「嗯，沒有受到魔法或詛咒的跡象，也沒有對方用加護技能探查我加護或心智的感覺喔。」

莉特以堅定的口氣這麼回答。

看在我的眼裡莉特也是沒有異狀，也沒有愛蕾麥特對她做了什麼的跡象。

「不過為了預防萬一，晚點還是讓露緹檢查一下吧。無論是怎樣的未知技能，都能靠露緹的『治癒之手』解咒。」

「『勇者』的力量無所不能呢。」

「畢竟也有與那股力量很不相符的限制啊……」

不過那種限制現在也因為「Sin」而去除了。

「勇者」以前擺布了露緹多少的人生，今後就要為露緹派上多少用場。

＊　＊　＊

燒烤結束，露緹的「治癒之手」也確定莉特身上並沒有被施咒之類的。

雖然因為愛蕾麥特異樣的氛圍而有所警戒，我們或許是反應過度了。

在遙遠邊境的島嶼修行的苦行僧。

她是個怪人卻不造成威脅。

「可是，要是她用了探查系技能，我現在來檢查也什麼都查不到。」

露緹說得沒錯。

使用技能時若要瞞過莉特這樣的高手可是相當不容易，但也不是絕對做不到。

舉例來說，賢者艾瑞斯想必能在莉特沒有察覺的狀態下「鑑定」莉特的加護。

不過我和艾瑞斯認識很久了，也知道他發動技能時會有什麼習慣。

「我們明天還是去聚落問問看吧。」

我回想起去聚落時村長話中有話的樣子。

島民們想必也知道愛蕾麥特的事情。

儘管瞞著當事人，把有一名苦行僧孤獨修行的事情講出去應該不太好，可是什麼都不說也不太對……我在左右為難當下還是覺得該去聚落問一問。

「愛蕾麥特啊……」

我把地墊鋪到沙灘上後躺下，仰望星空。

沒有半朵雲，滿天星斗。

「那應該是化名吧，愛蕾麥特（Eremite）的意思是隱士，完全就是在講她目前的狀態。」

就像用化名過著慢生活的我一樣，有點虛偽。

「世上有各式各樣的人呢。」

有聲音傳來。

「原來你還沒睡啊？」

「欸嘿嘿，太開心就一直睡不著。」

是坦塔。

我稍微往旁邊挪一下身子。

坦塔好像很高興地在我身旁躺了下來。

我挪到地墊外的手肘有碰到沙子的觸感。

「你會害怕嗎？」

「……嗯，有一點點。」

「沒想到我們旅遊的地方會有教會的苦行僧……不過就算比較奇特，大部分的苦行僧還是滿好聊的，原來也有像愛蕾麥特那樣的人啊。」

「這樣喔，還以為他們都是些可怕的人……苦行僧到底是什麼啊？」

「苦行僧指的是，一群會去實踐教會聖典上所寫的修行的人。目的是讓肉體處於極限狀態，藉此累積功德。」

「功德指的是好事吧？為什麼做一些會痛，還有會寂寞的行為會是好事呢？」

這下可困擾了，老實說我也算不上戴密斯的信徒，要回答這個問題也太難。

「也只能說是聖典裡那麼寫了，教會裡頭有許多人會直接照著聖典寫的內容去做事。」

與其說有許多人會那樣，倒不如說那是主流。

他們的原則是，聖典是神所說的話所以不會有錯。

「我也去做讓自己痛苦的事比較好嗎？」

坦塔有點不安地這麼說。

我搖搖頭，明確地表達否定。

「不必，所謂僧侶的苦行讓想做的人去做就可以了。佐爾丹教會的人們也沒在做什麼苦行吧？席彥主教曾經要你去做苦行嗎？」

「沒有！」

「如果有什麼能夠經由苦行累積的功德，那也是依據自己『主動選擇痛苦路途』的意志所得到的……我是這麼覺得。」

「感覺雷德哥哥很少像這樣講得不太篤定呢。」

「畢竟我也不太懂教會的情形。」

「原來雷德哥哥也有不懂的事情啊。」

我聳了聳肩。

關於苦行，不曉得該怎麼解釋才好。

聖典基本上是以加護為中心來撰寫，內容鼓勵人們為提高加護等級而戰。

不過苦行與加護沒有關聯。傷害身體反而會讓戰鬥能力降低。

我第一次讀到聖典的時候，甚至覺得苦行的章節並不是神的教誨，是後來別人另外加上去的內容。聖典裡寫的加護信仰與苦行看起來就是如此不一樣。

「總而言之呢，重點是我不希望坦塔受到痛苦。」

「可是若要成為木匠，多少要受到一些痛苦才行。」

「是這樣嗎？」

「是啊！像我前陣子用鑿子練習削木頭的時候，手指也割破皮了！」

「用聽的就覺得痛呢。」

「要是沒有雷德哥哥的藥，可就不得了了。」

坦塔擺出誇張的動作對我這麼說。

他說的應該是岡茲買的藥吧。

那是很常見的止血消毒用藥，不過能為坦塔緩和痛楚，我當藥商也當得很值得了。

「等你當上木匠以後，想必需要更多的藥呢。」

「沒那回事！岡茲舅舅也說過，厲害的木匠不會犯下以前犯過的錯！」

「什麼嘛，原來是這樣啊，本來還很期待坦塔常來我店裡呢。」

「咦，嗯～那我成年以後啊，會像岡茲舅舅那樣喝酒，喝到宿醉再去買藥喔。」

「你還是不要那樣比較好。」

「暈頭轉向啊～雷德快救救我～」

坦塔模仿岡茲宿醉的樣子。

我們在沙灘上笑出來。

然後有一陣子陷入寂靜，我倆都看向夜空的繁星。

「這片星空真美呢！」

坦塔這麼說。

「是啊，黑色的海面映出星空也是佐爾丹的城鎮看不見的景色。」

占盡視野的遼闊星空。

海面與天空的界線相互混合，給人一種倘若游過海面，終究會觸及夜空的感覺。

「坦塔，這種在佐爾丹看不見的景色，你想多看一點嗎？」

「我想看！」

「那你要不要去旅行之類的？」

「嗯～我覺得應該不用到那種地步吧。畢竟我喜歡佐爾丹。」

坦塔斬釘截鐵地如此斷言。

他的話語中毫無迷惘。

坦塔的夢想就在佐爾丹。

「嗯，這樣也好。」

我摸了摸坦塔的頭。

看見坦塔好像有點害臊地笑出來的模樣，不禁希望他的心願能夠實現。

月亮升高許多，我們也差不多該睡了。

今天是很不錯的一天。

拂曉時分，坦塔的叫聲把我們都吵醒。

外頭還很暗，太陽還沒升起。

水平線染上了黎明的色彩。

那一天，坦塔終於觸及加護。

第三章 少年時期終結

觸及加護。

如果說這是活在這世上的所有人最重要的一天，想必也不為過。

對於維持治安的衛兵懷有憧憬的少年可能會變成專門幹架的打手，想成為略奪者馳騁草原的少年可能會變成陰暗牢獄的拷問官。

當然了，村子裡的平凡少年也有可能成為偉大的英雄。

會有好的發展也會有壞的發展……但重要的是，加護會連孩子的夢想都加以改變。

「跳過自己察覺加護的階段，直接觸及加護的狀況很罕見吧。」

米德說道。

他那番話感覺有點心不在焉……腦袋沒有在為眼前的事實思考。

自己的孩子究竟會獲得什麼樣的加護，對於父母親來說想必是最大的期待和最大的擔憂。

去年的這個時期，我的藥店還在蓋的時候，我曾與岡茲和米德一起在路邊攤喝酒。

那時他們兩人有說出對於坦塔加護的擔憂。

儘管與岡茲一樣，適合木匠的「職人」最為理想，不過就算是米德擁有的「鬥士(Warrior)」那種平凡的加護也能當個木匠……但如果是沒辦法當上木匠的那種加護該怎麼辦？

加護是神所賜予之物。

就算得到的不是自己想要的加護也無法拒絕。

「爸爸、岡茲舅舅……」

坦塔不安似的按著自己的胸口。

「喂，坦塔，這是真的嗎？」

岡茲問了已經不知道問過幾次的問題。

我把手放到岡茲肩上提醒他。

「坦塔的加護是『樞機卿』。是這世上最強大……也最不自由的加護之一。」

正如劉布樞機卿所說，神賦予坦塔的責任是「樞機卿」。

＊　＊　＊

「來，吃早餐嘍。」

我把番茄湯分發給所有人。

「這道湯沒加水，只用番茄本身的水分熬煮而成，很好喝喔。」

「我提不起食欲。」

「就算你要煩惱，肚子餓也會讓腦子不好思考，而且吃點東西也能轉換心情。」

我這麼說並喝下一口湯給坦塔他們看，於是他們帶著依舊陰沉的表情開始用餐。

「樞機卿」啊。

阿瓦隆大陸最大的組織——聖方教會。

唯一一種能夠成為其最高幹部的加護。

那與沒人尋求救贖就沒有用處的「勇者」不同，「樞機卿」無論是戰爭時期還是和平的時期都能夠對世界造成影響。

那種加護十分偉大，無論行善還是為惡，只要大展身手就能青史留名。

「我吃飽了。」

坦塔用完餐了。

我得跟他討論接下來該怎麼辦。

……說是這麼說，但我已經有個結論。

問題只在於該如何引導坦塔。

「那個，雷德哥哥……『樞機卿』該怎麼做才好呢？」

坦塔的嗓音充滿擔憂。

「該怎麼做才好……這樣啊。」

若要說坦塔身邊有哪個朋友已經觸及加護，應該就是「武器大師」艾爾了吧。

艾爾作為一名曲劍劍士冒險者踏上旅途並且大展身手，是在周遭的國家也很知名的新手冒險者。

艾爾以前好像有「將來要像父親那樣當個港區勞工」的想法，可是加護改變了艾爾的未來。

艾爾的狀況與坦塔不同，與其說他有什麼夢想，還比較像是懷著「就默默接受這樣的人生吧」的情感。

可以說他在惡魔加護事件中找到了自己想做的事。

「要是我也像艾爾那樣，覺得比起當個木匠更想當個僧侶怎麼辦？好害怕。」

「是有可能會變成那樣。」

「我不要！」

坦塔立刻回應。

那是他沉痛的叫喊。

我打算對他說些什麼，然而……

「坦塔。」

「露緹……小姐？」

露緹比我早一步向他搭話。

她坐在坦塔的正前方，對上他的目光並繼續說下去：

「加護不是坦塔，無論有多強烈的衝動，加護都不會變成坦塔。」

「不會變成我？」

「對，加護或許會要你聽它的話而強迫你，也會因此讓你痛苦……可是就算這樣，加護還是不會變成坦塔、沒辦法奪走坦塔的意志。」

露緹表情認真地對坦塔發話。

「我聽不懂……」

不過那番話看來沒有順利地傳達到坦塔心裡。

露緹好像有點焦躁，不過她表情變化的幅度很小，應該也沒有讓坦塔察覺到吧。

「意思是坦塔不需要放棄成為木匠的夢想。這點你千萬別忘記，我們都是站在坦塔這邊的。希望你有什麼煩惱、覺得痛苦的時候，隨時來諮商，我們會成為你的助力。」

「嗯，謝謝妳，露緹小姐。」

坦塔的神情依舊帶有不安，不過他聽了露緹那番話，心情似乎也輕鬆了點。

「好，那我們就來談談『樞機卿』的技能吧。」

「咦，可是……」

「當然了，這不是要你成為樞機卿，而是要找出對你成為木匠有幫助的技能。獲得的加護無法改變，但加護是你的一部分。不必成為加護的奴隸，也不必否定加護，而是要當成自己的一部分加以控制。若是這麼做，加護就會成為你的助力。」

「你也對艾爾說過一樣的話呢。」

「坦塔記性很好耶，很不錯喔……艾爾那時和坦塔的境遇不同，也和埃德彌的狀況不一樣。我想你會遇上很多難以處理的事，不過就像露緹說的一樣，別獨自煩惱，要先找我們或岡茲他們討論。」

「嗯……！」

＊　＊　＊

我現在已經知道對艾爾說那些話的時候還不曉得的事情。

也就是世上有能夠增加加護的藥物。

以前有個否定加護，玩弄這世界的壞女人。

我也在古代人的遺跡裡得知這世上有能夠自由操作加護的技術。

而且也得知「勇者」和「魔王」是將初代勇者的生活方式強加在人身上，為了重現第一代勇者的靈魂而製作出來的加護。

「哥哥。」

我把洗好的餐具拿在手上，就這樣望著大海一陣子，而露緹過來搭話。

「哦，我剛才在想一些事情。」

我放下餐具，轉身面向露緹。

露緹也稍微長高了啊。

「沒想到露緹會對坦塔說那些話，還滿驚訝的。」

「我想要告訴他，不要放棄做自己……」

露緹好像有一點沮喪。

「既然露緹也站在坦塔那邊，我就放心多了。」

「當然要站在坦塔那邊，我希望他能實現夢想。」

要說誰的人生被加護擺布得最嚴重，那一定是露緹。

作為「勇者」而生的露緹，沒辦法選擇勇者以外的道路。

她在坦塔身上看見那樣的自己，也不希望變成「樞機卿」的坦塔受到加護擺布而放棄夢想。

露緹在旅行的時候對世界絕望，明明一直在拯救他人卻對自己救過的人沒有半點興趣，不過她現在正拚命地思考自己能以什麼方式幫助為加護煩惱的坦塔。

所以我覺得坦塔一定也不會輸給加護，能夠一直抱持自己的夢想和意志。

「嗯？」

視野的角落出現岡茲的身影。

他打算去哪裡呢？

「……我去看看狀況喔。」

「我也要去。」

我和露緹跟在岡茲後頭。

岡茲進入森林。

到了離帳篷有段距離的地方，位置上從岸邊難以辨識的陰影處後，岡茲就一直低頭站著。

「岡茲。」

「……！」

我的聲音讓岡茲急忙用手臂擦臉。

岡茲的眼睛泛紅充血。

「你還好嗎？」

「嘿、嘿嘿……我太沒用了，明明最應該處變不驚的。」

「不對，正因為你把坦塔當成自己兒子一般疼愛，受到的衝擊才會那麼大啊。」

「我以為自己早就做好心理準備了。」

岡茲搖了搖頭。

「雖然希望他得到『職人』加護，不過只要是平凡的加護，不管是什麼都沒關係。木匠的工作就算只有共同技能也沒關係，只要學會怎麼工作，剩下的事就能靠個人的悟性處理。坦塔當一個木匠的悟性很強，他本來應該不會有問題的。」

「……………」

「我對於『樞機卿』的加護一點也不了解，可是如果教會發現了，就會過來把人帶走吧？」

「對，有人具有『樞機卿』加護的事情要是上報萊斯特沃爾大聖砦，萊斯特沃爾的樞機卿就會前來接人。」

「可惡，如果是其他加護的話要多少有多少，為什麼偏偏就抽到那種加護啊。」

「坦塔冷靜下來後得教他隱藏加護的方法呢。」

教會想必不會輕易容許「樞機卿」作為一名木匠而活。

至少會讓坦塔到修道院接受教育，以見習聖職人員的身分持續修行，而且在坦塔被判斷不適合當樞機卿之前，都不會讓他自由生活。

大概要到快四十歲才能離開教會的生活吧。

能夠得到解放這點和「勇者」相比還算不錯，可是教會生活會剝奪大把時間，一定要繞一大段冤枉路才能回到當木匠的夢想。

「若是席彥主教或許會在心中隱瞞此事，但佐爾丹教會的人們不見得都會那樣。畢竟就聖職人員的角度來看，以樞機卿為目標的人生可是光輝奪目。」

「居然說那種人生光輝奪目……」

「看在為了與神交談而生的聖職人員眼裡是那樣。」

啪嘰！

那是岡茲毆打身邊樹木的聲響。

他咬緊牙根並磨出聲響。

「坦塔在這座遠離佐爾丹的麵叉島觸及加護算是很幸運。」

露緹如此說道。

「在這裡就能只靠我們幾個來煩惱，不用太擔心被誰知道。」

「露緹……」

「就算迷惘也沒關係，我們多多討論吧。」

露緹是在勉勵岡茲。

「妳說得對，坦塔的加護已經無法改變……重要的是今後該怎麼做。」

「沒錯。」

「好了，喪氣話就到此為止！我是坦塔的舅舅，作為木匠也是他的前輩！而且還是佐爾丹第一的木匠！」

岡茲用雙手拍打自己的臉頰。

「要是連一個愛徒的夢想都沒辦法守護，我這個木匠可就丟臉到家了！」

「這樣就對了。」

「謝謝啊，露緹，雷德，我已經沒事嘍！」

岡茲是這麼說，不過他和坦塔今後想必還會迷惘許多次。

加護這種東西就是這樣。

而且，儘管我還沒有小孩，但我覺得養育孩子應該也一樣。

＊　＊　＊

看到坦塔他們冷靜下來後，我和亞蘭朵菈菈前去島上的聚落。

儘管因為加護的事情而差點忘記，我們還要問苦行僧愛蕾麥特的事情。

「只是要問話而已，我一個人去就可以的。」

「哎呀，你不喜歡和我一起走嗎？」

「我又沒那麼說。」

亞蘭朵菈菈嘻嘻笑。

「我滿在意那個叫愛蕾麥特的傢伙。」

「愛蕾麥特確實是個奇妙的人，可是她來的時候妳沒有靠近我們耶。妳總是有想法就直接行動，會那樣還挺罕見的。」

而且坦塔觸及加護的時候，亞蘭朵菈菈雖然有安慰和鼓勵他，看起來卻比其他人還平靜。

「我以為妳是在那種場面最會表現出情感的類型，覺得很意外。」

「畢竟坦塔有你和露緹好好陪著，我的直覺就對我細語，要我把重心放在其他的事情上。」

「那指的就是愛蕾麥特的事情？」

「我沒辦法說明原因，但那個人就是哪裡不太對勁。」

「嗯，肯定是不太對勁。」

「就我的預感來看，事態應該更為嚴重……不過這部分我會好好注意，你就顧慮坦塔的事情吧。」

「我知道了。這次的旅行，亞蘭朵菈菈有一起來真是幫了大忙。」

身為高等妖精的亞蘭朵菈菈是冒險時期比我長久許多的冒險者。

想必是她的經驗在自身沒有察覺的狀況下化為直覺，告訴了她什麼。

對於冒險者來說，那是最值得信賴的感覺。

「不過還真遺憾，這不是只有歡樂的一段旅行，明明昨天的海水浴和燒烤是那麼地快樂。」

「原本就是覺得坦塔觸及加護時能待在他身邊比較好，我才會邀他出來旅行，但我其實滿想讓坦塔多留下一些美好的回憶。」

「還是可以留下美好的回憶喔。我們要好好地玩樂，讓他觸及不想要的加護的這段體驗，不至於使這趟旅行變成痛苦的回憶。」

「妳說得對。」

好，那我到村子裡也要買一些好吃的東西。

今天就來做海鮮料理當午餐吧。

「如果鮭魚看起來很新鮮就不要拿去烤，直接調味放到麵條上吧。畢竟我也有帶橄欖油過來。」

「不錯耶！」

坦塔喜歡吃麵，應該會很高興吧。

與坦塔平時吃的料理相比，生鮭魚的口感大概挺新奇，如果能讓他留下美好的回憶就好了。

我和亞蘭朵菈菈聊著這些事的時候，聚落的幾名男性正從前方走來。

他們每個人的肌膚都曬得黝黑。

「哦，你們就是來到島上的旅客吧。」

帶頭行走的人說完，對我們打了招呼。

看來他們是聚落的漁夫。

昨天造訪聚落的時候，似乎出去捕魚還沒回來的樣子。

「有什麼事要去我們村子嗎？」

儘管我們的目的是要詢問愛蕾麥特的事，現在在這裡提出來應該也不太自然。

「我對村長昨天推薦的南海鮭滿有興趣，所以想過去買。」

「那你來得剛好，昨天有捕到很有活力的南海鮭，一定要吃過再回去啊。」

「真是令人期待！」

昨天剛捕到的海中美味。

想必會很好吃。

我對料理愈來愈期待並前往聚落。

＊　＊　＊

聚落有賣南海鮭等魚類和貝類。

我們沒有殺價之類的行為，直接照他們所說的價格購買，這讓村長心情很好，也把村裡釀的酒分了點給我們。

那是讓椰子樹樹液發酵所製成的酒，由於容易變質，很快就會轉化為醋，似乎是不會帶出聚落的罕見酒類。

我試喝了一口看看，最先嘗到的是酸味而且風味獨特，每個人的接受程度應該大不相同。

我和亞蘭朵菈菈都覺得這種味道也不錯。

「哎呀，除了偶爾過來的商人以外，我們還真沒什麼機會和外頭的人聊天，真是開心呀。」

我只是喝了一口而已，村長卻一下子就把整杯酒都喝乾了。

這種狀況正適合來問愛蕾麥特的事情。

「話說，昨天晚上有個住在島上的苦行僧到岸邊去了，你知道她是誰嗎？」

「哦，你們遇見那位僧人了啊。」

「只是稍微講了點話，我想應該沒有造成麻煩。她說自己在做孤獨的修行卻來找我們搭話，令人有點驚訝就是了。」

「似乎是那樣呀，她來聚落的次數也屈指可數。我們也為了不妨礙修行，帶她到沒人會進去的地方。」

看來愛蕾麥特差不多是在五年前乘著小船來到這座島上。

既然她聲稱是為了修行而從中央的教會來到這裡，聚落的人們便不可能拒絕。

儘管一開始會怕她引起什麼麻煩而有所戒備，不過她只是在森林深處一直過著自給自足的生活，也沒干涉聚落，聚落的人們平時好像也不太在意愛蕾麥特在島上這件事。

「既然在那種地方住了五年這麼久，那位僧人可真是了不起啊。」

五年啊……這就代表——

「難不成，愛蕾麥特不曉得人類與魔王軍之間的戰爭？」

「這麼一說，她沒有提過呢……我們也只是從商人口中聽說有那樣的戰爭。」

隸屬教會的人有可能不曉得人類與魔王軍之間，決定世界命運的戰爭嗎？

不過就算她是教會的人，如果資訊沒傳到她那邊，不知道也很正常吧。

後來換成村長反過來問我人類與魔王軍之間戰爭的事情。

他聽我敘述薩里烏斯王子的事件，知曉佐爾丹有間接影響到人類與魔王軍的戰爭後便十分驚訝。

「愛蕾麥特應該沒有在島上做些什麼事情的跡象吧？」

一直沉思到剛才的亞蘭朵菈菈忽然說出這句話。

她很少忽略話題方向直接發問。

「嗯，做什麼事啊，因為我們和那位僧人沒有關聯，就算妳問她有沒有在做什麼，我們也沒辦法回答就是了。」

亞蘭朵菈菈緊緊盯著村長的臉。她似乎是在看村長的行為反應，判斷他是否說謊。

村長應該沒能理解亞蘭朵菈菈為什麼會凝視他，好像滿抗拒的。

如果亞蘭朵菈菈不是美麗的高等妖精，他說不定心情會很差。

事態嚴重到她需要戒備到這種地步嗎……

就在這個時候——

「啊啊！來人啊！快來人啊！」

外頭傳來喊叫聲。

我們立刻衝去外頭。

「村長！出事了！」

「怎麼了！」

「船隻翻覆了啊！」

「你說什麼！」

船隻指的應該是漁夫們乘的漁船。

「負責瞭望的波雷思打了信號！要快點去救人才行！」

「等一下，船到底怎麼翻的！波雷思怎麼說？」

「啊、抱、抱歉，我嚇了一大跳。」

「蠢材！」

這種狀況想必極其罕見，聚落的人們看起來都陷入了恐慌。

「瞭望的人是在那高處吧。」

「嗯，對。」

我看見遠離村子的高處有個用木頭架設的瞭望台。

就是在那裡觀察漁夫們的船有沒有異狀。

「我用技能可以跑得比別人快，先去問一下。」

「咦、咦咦！」

村長驚訝了。

不過要等他同意我說的話又太浪費時間。

「亞蘭朵菈菈。」

「交給我吧，我會做好準備。」

我發動「雷光迅步」，一口氣衝至瞭望台。

「咦咦咦咦！」

島民訝異的聲音在後方愈離愈遠。

我抵達瞭望台底下的時候，沒有使用梯子而是踢著柱子跳上去，登上了瞭望台。

「你、你是昨天的！」

「別管我了，漁船在哪裡！」

「在、在那邊！」

看向他指的地方，我馬上就知道發生了什麼事。

「劍鯊！」

擁有劍刃般背鰭和胸鰭的鯊魚。

變成兩半翻覆的漁船周圍有兩條劍鯊不斷迴旋。

劍鯊是以其魚鰭撕裂並捕食獵物的魔獸型怪物。

C級冒險者也會將其視為強敵，成長之後的個體尤其強大，強韌的背鰭連船底都能撕裂。

儘管只是身長約三公尺的怪物，也是十足的海中威脅，能讓乘載六十個人的貿易船沉沒。

「漁船是遭到那玩意兒剖開的嗎！」

漁夫們緊緊抓住變成兩半慢慢下沉的漁船，並且手拿魚叉應戰，設法趕走劍鯊……

「這下不妙。」

劍鯊的狩獵早已進入最後階段。

不快點去救人會來不及！

「亞蘭朵菈菈！」

我大聲叫喊。

巨大的絨毛隨風飄至我所在的瞭望台。

「這什麼鬼！」

負責瞭望的島民訝異地叫出來。

「是會飛的植物！」

我一邊這麼回答一邊抓上巨大絨毛……龍齒（Dandedragon）的種子。

亞蘭朵菈菈的加護「木之歌者」具有操縱植物的能力。

祕境中綻放的的食獸植物——龍齒也是曾旅行世界各地的亞蘭朵菈菈能夠操控的植物之一。

龍齒的種子就像這樣，具有就算被人抓著也能在空中滑翔的力量。

「亞蘭朵菈菈就搭船來救人吧！」

「知道了！」

亞蘭朵菈菈以叫喊回應我的吶喊。

便看見亞蘭朵菈菈跑向岸邊。

她那邊應該不會有問題。我讓絨毛傾斜，在計算落地位置的同時向海面滑翔。

「好，就是這裡！」

我朝著海面向下跳，同時拔出銅劍。

看見突然從天而降撞出水柱的獵物，愉悅的劍鯊打算用胸鰭來把我大卸八塊。

水中戰。

據說這對D級冒險者而言是最大的難關，而且就算是C級冒險者也有許多隊伍無法應對。

人類的身體天生就不是用來在水中戰鬥的。

不僅無法呼吸，也難以自由行動。

武技和魔法也是，如果沒有受過在水中發動的訓練，也會無法使用。

儘管透過魔法或魔法道具讓自己在水中自由行動是最好的方法，不過倘若遇上這次這種突發狀況仍然能夠應對，才稱得上是獨當一面的冒險者。

「來吧……！」

我用手捉住整把劍偏中央的部分，擺出架勢。

這是叫做「半劍」的技法，一般來說是接近扭打的近身戰才會用，不過在水中戰也很有效果。

若在水中戰使出揮擺劍身的招數，會因為水的阻力或者無法將體重壓在劍上而使得

威力下降。

突刺招式比較有效。

不依賴速度和重量，以肌力突刺敵人身體。

劍鯊以胸鰭攻擊過來，與我擦身的時候我就以劍尖刺進牠的腹部。

劍鯊發出「咯噗」的聲音，嘴裡溢出血液。

水中戰沒辦法一擊解決啊。

我的戰法是以劍術彌補自己沒有固有技能的缺點，不過在水中戰就很難發揮威力。

必須確實地讓攻擊重複命中，一步步削光對手所有體力才行，可是拉長戰鬥時間就會憋不住氣。

為了換氣把臉露出水面也會造成很大的破綻。

所以我希望劍鯊儘量襲擊過來，可是牠在最初的一擊之後，就換成與我拉開一段距離、靜靜等候時機的戰法。

看來牠們的個性挺慎重，真是難搞。

但應該也就是因為牠們個性那樣，目前才會沒有任何一位漁夫犧牲吧。如果劍鯊的個性是會硬攻上去，就算有人已經被吃掉也不奇怪。

所以這也不能說是不幸。

「既然如此。」

我用劍淺淺割開自己的大腿。

紅色的血液在海中擴散。

「……！」

劍鯊的樣子變了。

牠們具有人稱血之狂亂的習性。

那是與生俱來，會因為獵物的血而變得凶暴，使體能提昇的能力。

兩條劍鯊的樣貌明顯變得亢奮，同時朝我襲來。

相較之下，我則是冷靜且確實地應對。

我把劍鯊的攻擊一個個避開，並且用劍刺進劍鯊的身體。

後來劍鯊終究耗盡力氣，浮在海面上一動也不動。

「噗哈！」

我大量地吸進新鮮空氣。

有一種確實活著的感覺啊。

「你還好嗎！」

「呼、呼……」

儘管沒有陷入苦戰，但會喘不過氣。

其他夥伴不會像我這樣，可是「引導者」真的不擅長在特殊的環境當中戰鬥。

我抓著翻覆的船隻殘骸，調整呼吸。

「……沒事，我打倒劍鯊了。馬上就會有人來援救，你們再等一下吧。」

傷勢只有自己割開的大腿傷口。

戰鬥時的精神緊繃得以緩解後，海水就狠狠地刺痛傷口。

「……你到底是什麼人啊。」

「佐爾丹的藥商喔。」

對於漁夫所說的話，我如此回答。

漁夫好像還想說些什麼，可是我也沒有在隱瞞什麼事情，只是實話實說而已，就只能這麼講。

畢竟我是佐爾丹的藥商雷德，除此之外什麼也不是。

＊　＊　＊

「沒想到僅僅一個不留神就出了那樣的事。」

「要是我有一起去就好了。」

聽我解釋狀況的莉特和露緹有點不悅。

「為什麼會變成那樣啊。」

岡茲他們一副打從心底驚訝的樣子。

打倒劍鯊之後，亞蘭朵菈菈就乘著岸邊的備用舊船前來救人。

平安回到岸邊以後，聚落的人們帶著歡喜的心情圍住依舊活著的漁夫們，也對我和亞蘭朵菈菈表達熱烈的感謝。

「我也一直以為這次不會有機會拔劍啊。」

漁夫也說劍鯊靠得離島嶼這麼近其實是十分罕見的情形。

就算劍鯊有靠近島嶼，以前也都會先看見劍鯊把其他魚類吃得到處都是的痕跡，使得漁夫立刻把船駛回岸邊，等到隔天就不會再看見劍鯊了。

上次有漁船被劍鯊破壞，好像是十三年前的事情。

那個時候好像有人喪命，這次沒有出現任何犧牲者可說是奇蹟，村長等人也因此高興無比。

「沒想到今天就碰上睽違十三年的慘況。」

「挑在雷德哥哥在的時候遇到，還滿幸運的啊！」

說出這番話的是坦塔。

「也對，沒人受傷真是太好了。」

「可是雷德有受傷啊。」

莉特隔著衣物撫摸我大腿殘留的些微傷痕。

「別、別這樣，很癢啦！」

我的傷口已經被亞蘭朵菈菈的治癒魔法癒合。

明天應該連傷痕都會消失吧。

「這是我自己割的！只是為了確實取勝，使出最佳的手段而已！」

如此說道的我從莉特的手中脫逃。

「雷德先生，你反應大成這副德行，反而讓我們看得都害臊了。」

米德以一副受不了我的口氣這麼說。

「不過就是大腿被碰，表現得也太純情。」

娜歐面露賊笑。

唔唔唔。

「要是有我在，就沒必要受傷的。」

「說得對，要是我有跟哥哥待在一起就好了。」

「這麼說是沒錯，但沒待在一起也就無可奈何啦。」

我面對的的確是莉特和露緹在場就能輕易打倒的對手。

不過戰鬥時夥伴不見得一定就在身邊。

我很有自信，當下自己採取了最好的應對方式。

「接下來我們一直跟哥哥一起行動比較好。」

「對呀，真不愧是露緹，說得很好。」

「不不不……」

我不過就受點小傷而已，變成這樣可真麻煩。

「啊～先言歸正傳吧。」

媞瑟硬把愈扯愈遠的話題拉回正軌。

媞瑟，幹得好啊。

「聚落的人們有邀約各位參加傍晚的宴會吧？」

「對，似乎是要為漁夫們平安無事獻上感謝的宴會，我們也有受到邀請。」

「這可真不錯，我對島上的鄉土料理很有興趣。」

「的確挺令人在意的。」

村長邀請我們去參加宴會。

當然了，他並不是只邀請我和亞蘭朵菈菈，邀的是來到島上的所有人。

「能夠參加島上聚落的宴會可是很難得的體驗。我想那對坦塔而言也會是美好的回憶喔。」

「回憶……」

坦塔的表情現在也很陰沉。

如果是平時的他，聽說我和亞蘭朵菈菈這點小小的冒險故事應該就會露出閃閃發亮的眼光。

他現在這樣也是理所當然吧……畢竟今天早上觸及加護後什麼都還沒解決。

「我能理解你很煩惱。可是這趟旅行如果都留下痛苦的回憶，那就太空虛了吧？」

「嗯……」

「所以我們要開心地玩，留下美好的回憶。畢竟都第一次離開佐爾丹，難得出來旅遊了。」

「這麼說……也對。」

坦塔突然「啪！」的一聲用雙手拍打自己的臉頰。

「好，我們要快快樂樂地玩到底！」

我覺得他這種個性真的跟岡茲一模一樣，不禁露出微笑。

「坦塔一定會成為很棒的木匠，畢竟你是岡茲的姪子啊。」

他們兩人之間的牽繫一定比加護還要強大。

＊　＊　＊

傍晚。悔恨島的聚落。

這座島上的居民幾乎都是在當地出生，也在這座島上死去。會離開島嶼去佐爾丹的只有一小部分的漁夫。

在這座沒什麼娛樂的島上，偶爾舉辦的宴會就是最大的娛樂活動。

「所以才會像這樣拋開所有拘束，好好地慶祝一番。」

「大人們露出屁股在那邊跳舞。」

坦塔睜大眼睛，望著島民們的宴會。

聚落的人們以最高級的款待迎接來參加宴會的我們。

盛在盤子裡的海鮮與果實都是隨意切成大塊，不過吃進嘴裡就會知道全部都既新鮮又美味，彷彿還活跳跳的一樣。

島民一開始是把我們當成主賓，要我們儘管大吃大喝的感覺，不過宴會氣氛來到最高潮的時候，大家就都歡欣雀躍地喧鬧起來，開始唱歌跳舞。

歌舞的內容也漸漸變得低俗，現在就把屁股都露出來跳著滑稽的舞蹈。

這類聚落常有這樣的狀況，對於從未離開佐爾丹的坦塔來說，想必是令人驚訝的景象吧。

「會不會造成不好的影響啊……」

「如果這樣子就會不知所措，便沒辦法成為傑出的佐爾丹木匠了。」

米德看似擔憂，娜歐則是豪邁地一笑置之。

不過有幾名半裸的女性說坦塔很可愛想要接近他的時候，娜歐果然還是會擔心造成不好的影響，就把她們趕走了。

「啊哈哈。」

或許是訝異的心情已經緩和，現在坦塔也開心似的笑了出來。

儘管島民們的舉止低俗，但他們也是因為家人平安而充滿歡喜的笑容。

而且喜悅會擴散。

坦塔、米德、娜歐，還有岡茲都開心地大笑出聲。

「有帶他們來真是正確的決定。」

莉特坐在我身邊這麼說。她的臉上露出笑容。

「雖然是挺糟糕的宴會……不過會是美好的回憶呢。」

我一邊笑一邊這麼回答。

「雷德也要跳那種舞嗎？」

「這倒是不必。」

＊　＊　＊

大人都去喝酒喧鬧之後，聚落的孩子們就沒有受到大人理會，因此他們聚集至首次看見的外地孩子四周，也就是圍住了坦塔。

雷德一行人覺得這樣的場面令人會心一笑。

露緹和媞瑟坐在離那樣的喧鬧中心有段距離的地方。

露緹平時一定會坐在雷德身旁，不過她今天有別的意圖。

「媞瑟。」

「是，雖然離得很遠，但確實有跡象。」

「是用魔法監視著聚落，而且是非常巧妙的魔法。為了不讓人感受到魔法的存在，其中組合了好幾道隱匿魔法。」

「……我好像沒辦法感應到那魔法。」

「不是魔法高手就無法察覺。監視這裡的魔法只是用聲音傳遞的弱小魔法，所以才會有如此萬全的隱匿性。對方並不是單純仰賴高等級魔法的門外漢。」

「雷德先生和亞蘭朵菈菈小姐也沒有察覺的樣子呢。」

亞蘭朵菈菈雖是傑出的術者，但使用的是精靈術。

她和莉特使用的精靈術本質是使役精靈，並不善於察覺能夠騙過精靈耳目的高超祕術和法術之下的監視。

「儘管如此，亞蘭朵菈菈沒能察覺可是很不得了的事情。」

「對方會是愛蕾麥特嗎？」

「不曉得，但很有可能是她。」

「要不要我去調查看看？」

「……單獨調查很危險，可是我想避免接觸愛蕾麥特。」

「儘管亞蘭朵菈菈小姐也一樣，露緹大人對她十分警戒呢。」

「……只有我和亞蘭朵菈菈，感受到某種有點危險的事物。」

「嗯~我也覺得愛蕾麥特引人起疑，但她沒有給我需要戒備成那樣的印象呢。」

「『只有我們察覺』這點大概就有什麼意義。」

就像亞蘭朵菈菈那樣，露緹也在愛蕾麥特身上感受到某種需要戒備的性質。

＊　＊　＊

隔天。

今天早上大家在海邊游泳，差不多在十點回到帳篷。

「都曬黑了耶。」

我看著坦塔的臉這麼說道。

「感覺刺刺的呢。」

「我有給你防曬乳，結果你昨天沒塗啊。」

「畢竟腦袋裡都是加護的事情。」

「嗯，這也沒辦法吧。」

坦塔的精神已經恢復許多。

看來昨天宴會上吵吵鬧鬧的效果還不錯。

「飲料給你。」

「謝謝妳，露緹。」

露緹帶了飲料過來。

「椰子汁。」

「椰子真方便啊，要是全世界的森林裡都有就好了。」

「哥哥有時候會說出很沒道理的事情呢。」

露緹輕笑一聲如此說道。

沒那麼熟的椰子裡頭有安全的水分，成熟的椰子裡可以得到食材，而且樹皮也可以拿來做成繩子。

樹液光只是自然發酵就可以釀成酒或醋，酒拿去蒸餾後就能得到酒精。

當然了，以材料的角度來看，木材也可以當作燃料來使用。

以前旅行的時候很少碰到用途這麼廣的樹木。

「好啦，既然都冷靜下來了，我們就來談談『樞機卿』的成長方針吧。」

「嗯。」

「技能的事昨天有講過，你還記得嗎？」

「是說雖然以法術為主，但能夠做其他事情的技能也很齊全吧？」

「對，因為『樞機卿』這種責任包含的事情相當廣泛。」

「樞機卿」的技能有很多方向可以選擇。

戰鬥、統率、營運、陰謀，以及求道……身為教會的最高幹部，可以立下各式各樣的目標。

然而——

「坦塔的狀況，需要的是當木匠能用的技能。」

「嗯，那是最重要的。」

「若要成為一名實實在在的木匠，共同技能中的初級製作技能至少要取得等級五才行啊。儘管也有提高體能的固有技能，要是只取得那些技能就太可惜了。」

「唔唔……真的就只有初級製作而已呢。」

「戴密斯神似乎覺得製作物品並不是『樞機卿』的責任。不過建築物的製作技能不足這點可以用法術來彌補。法術會消耗魔力，所以要慎選場合使用才行。」

「魔法！」

「若是學好法術，現場有夥伴受傷也能立刻醫治。『樞機卿』以法術能手的角度來看，差不多是稍微劣於頂尖的程度。」

我得知「樞機卿」的法術比「聖者」、「教皇」等法術最高階的加護還要弱一些的時候有點意外。

戴密斯神是不是覺得「樞機卿」的責任不是要將法術練到爐火純青呢。

不過就算是那樣，「樞機卿」的法術還是比一般「僧侶」的法術更強大。

「法術技能是必要的啊，問題是要怎麼跟其他的技能取得平衡。」

我和坦塔繼續討論，岡茲、米德語娜歐則默默地在後頭守望著我們。

一般人並沒有關於「樞機卿」的知識。

要是我當騎士的時期，沒有利用王都精銳的騎士團副團長的權力去收集情報，應該也不會了解得這麼詳細吧。

「我所想的計畫是，一開始要先把既有的技能點數全分配在法術的技能上。加護等級五之前要專心提高戰鬥用技能，藉此提升加護等級，然後再以加護等級九為目標，慢慢增加用於木匠工作的技能。到了這個時候，就把初級製作技能提升到五吧。之後就邊做木匠的工作，以十年為目標將加護等級提高到十五，當成終點。這樣你覺得如何？」

倘若照這個計畫，只要身上還有魔力，加護帶來的力量就能讓坦塔具有與「職人」岡茲同等的木匠功力，而且也會留有想要提高加護等級時能夠運用的戰鬥能力。

那會讓坦塔擁有一定實力，在這個戰事不斷的世界也能安然生存。如果遇上會阻礙他夢想的事件，想必也能靠自己來應對。

「…………」

坦塔一副想要說些什麼，忸忸怩怩的樣子。

「你有想到什麼就儘管說沒關係喔。」

「……真的不行一開始就取得初級製作技能嗎？」

「若是那麼做，提高加護等級的時間就會拖得很長喔，大概要花五年才能達到加護等級九吧。」

當然了，勉強自己去挑戰加護等級很高的強敵就會縮短時間，不過坦塔的目的並不是要變強，所以不該考量那種危險的戰法。

「可是我想早點做木匠的工作……我本來打算一碰到加護就要馬上跟爸爸他們一起工作……」

「好喔，既然你有那種打算，那就重新擬定取得初級製作的計畫吧。」

「咦，可以嗎？」

「當然可以！這些計畫就是為了幫助坦塔達成夢想。最重要就是符合你的期望。」

「那、那我回到佐爾丹之後，希望能當見習木匠，跟爸爸他們一起工作！」

「說得也對，既然是這樣……」

「等一下。」

岡茲的身子探過來，加入我們的談話。

「初級製作並不是一定需要的技能，來我們這裡見習的人也有很多只有提高體能的技能，就算照你們原本的計畫，也能當上木匠喔。」

「可是如果沒有技能不就沒辦法把工作做好？」

坦塔看向我這邊。

「說得對，有沒有初級製作技能可是差了十萬八千里。」

「就說了吧！」

「不過也有一些事情是沒有技能就能做到或學到的。」

「雷德說得沒錯。像是道具的用法、工作流程、設計圖的判讀方式……能教的事跟需要牢記的事情都多到不行。」

「可是會做不出好東西吧？」

「對，無論多麼努力都無法彌補技能造成的差距。」

岡茲讓目光對齊坦塔的視線，好好地面對他並繼續說下去：

「一直沒體會到做出好東西的感動——在這種狀態下持續累積基本功，想必會很辛苦……可是，那樣也能成為木匠。」

「…………」

坦塔看似痛苦地扭曲起表情。

那像是要哭出來，不過他正拚命思考到底該怎麼做才好。

「坦塔。」

「爸爸。」

米德也與坦塔面對面。

「坦塔也知道，我並不是成年後馬上就成為木匠。」

「嗯，爸爸以前是冒險者吧。」

「我以前很憧憬冒險者迦勒汀先生那種強大的男人。有想過要揮舞手上的劍，藉此在佐爾丹的歷史上留名……不過我真的沒辦法變強就引退了。後來放棄當冒險者，就到哥哥那邊工作。」

「爸爸……」

「我的人生繞了一大段遠路，覺得我的技能以一名木匠來說多得沒有意義。不過我是『鬥士（Warrior）』，所以固有技能只有提高體能而已。這樣的我可能沒什麼好說的……」

試著去追夢，卻無法達成夢想。

米德的人生絕對不是一帆風順。

「儘管如此，現在的我十分幸福，過著幸福的人生。木匠的工作熟練到哥哥能夠信賴我的程度，也有了很棒的家人。所以啊，坦塔，我覺得你先取得初級製作技能，一邊以木匠身分做出好東西，一邊成長的選擇也很不錯。」

「喂、喂，米德！」

「哥哥，我想尊重坦塔自己的想法。如果他因為那樣失敗，到時候我們再一起想辦法吧。失敗和繞遠路都不是壞事……我覺得只有陷入不幸才是壞事。」

岡茲和米德互相對對方說出自己的想法。

話中沒有半點惡意，只有為坦塔的幸福祈願的溫柔。

「雷德哥哥……我該怎麼做才好？」

「我會支持坦塔的選擇。既然珍視坦塔的木匠前輩們都在討論了，你也該說說自己的意見呀。」

「……嗯。」

坦塔下定決心並面向前方。

有些人說孩子觸及加護的那一刻就會變成大人。

那並不是因為得到了加護所帶來的力量，而是因為以自己意志決定未來的日子已經到來。

儘管坦塔面對身為木匠前輩的岡茲和米德有好幾次都沒辦法好好說話，但他還是有傳達自己的想法。

無論坦塔要選擇什麼樣的方式，一定都會成為傑出的木匠吧。

＊　＊　＊

中午過後。

我吃完午餐後就在樹蔭下躺下來，聽著大海的聲音放鬆。

儘管坦塔的加護成長計畫還沒有得出結論，他心目中將來成為木匠的自己似乎正逐漸成形。

觸及加護就會發生足以改變人生的影響。理所當然會擔憂。

所以在這種時候，一定要讓他具體想像出成功實現夢想的自己。

不然他就會被加護牽著走，人生方向會變成去實現加護所需求的責任。

「這可真諷刺，加護是神用來賦予人類責任的東西，坦塔觸及加護的日子卻是他踏出自己的腳步，邁向自身夢想的一天。」

正是因為受到指引，才會察覺到自己的意志。

人的意志很難處理，而且也很有意思。

「雷德。」

「是莉特啊，露緹和坦塔也來了。」

他們三人本來在沙灘那邊玩沙，看來是已經玩夠了。

我看向沙灘，那裡有個蓋得很棒的沙製宅第，就算遠觀也很明顯。

露緹使出真本事了嗎？

「不對，不是只有我，是以坦塔為中心製作的。」

「以坦塔為主？」

「嗯！那是由我設計，然後跟露緹姊姊和莉特小姐一起蓋的喔！」

「好厲害！」

那種的我可做不出來。假如靠我的知識來做就會變成以前線要塞為構想的形狀，而我也沒有關於裝飾的知識。

「柱子上刻有花朵的圖案啊，手真巧耶。」

「雷德哥哥眼力真好。」

「這可是想長久留存的精心作品呢。」

由於這只是玩沙的產物，過陣子就會崩解。

真是可惜。

「我成為木匠以後，就會蓋一棟可以留存一千年的宅第！」

「那真是令人期待。我的店鋪變破舊的時候，要不要也找坦塔來翻修呢。」

「包在我身上，我會翻修成不輸給岡茲舅舅的超強店鋪！」

如此說道的坦塔笑了出來。

嗯，他的表情整個開朗許多。

儘管加護衝動這種大問題還沒有解決，但他能像這樣懷有具體確實的夢想，一定不會有問題的。

「我說啊，雷德。」

莉特向我搭話。

「我們等一下打算散步到棧橋那邊，要不要一起來？」

「散步啊，感覺不錯呢。」

我站起身來，把背上沾到的沙子拍掉。

旅行第三天。

預定總共五天的旅行也到了後半段。

要不是因為旅遊就不會來這座島，多看看這裡的景色也不錯吧。

「過去之前先準備好水壺吧。」

「嗯。」

露緹得意地拿出畫有憂憂先生圖案的水壺給我看。

「補給水分很重要。」

＊　＊　＊

我們從岸邊前去島內深處，在一處湧泉裝水。
由於那湧泉在森林裡頭，出現怪物的可能性並不高，但還是有機會碰上怪物。
我有說過去裝水的時候千萬不能只有岡茲他們幾個過去，不過這座島上的怪物也只有岡茲和米德也能打倒的強度。
岡茲和米德就算形單影隻，只要不忘攜帶護身兼除草用的開山刀，想必不會受傷。
目前還沒有受到怪物襲擊的狀況。
這座島上的怪物好像具有一定程度的智慧，會對能夠造成威脅的來訪者加以戒備。
「為什麼這裡就在海上，泉水卻不會鹹鹹的？」
「這是下到森林裡的雨水流過地底再湧出來的水。」
「哦！」
我們一邊回答坦塔那很像孩子會問的問題，一邊把水裝進自己的水壺。
坦塔的水壺是把葫蘆裡頭挖空後做成。

上面有用黑色墨水畫上笑臉的塗鴉。

那是看了令人會心一笑的水壺。

碰上湧泉之後，那水瓶就噗噗噗地擠出空氣，水也慢慢裝進裡頭。

在充滿活力的綠色森林當中，夏日的陽光從林木之間灑下。

昆蟲鳴叫的合奏充滿力道，我們的額頭由於炎熱而冒出汗水。

「真有夏天的風情啊。」

「風情？」

「意思是說我很喜歡這段時間。」

「哦，那我也有風情喔。」

坦塔開心似的說出剛學到的詞彙。

「雷德這樣亂教，坦塔不就會記成不對的用法嗎！」

我被莉特罵了。

「所謂的風情啊……」

莉特教導坦塔正確的意思。

「原來如此～」

坦塔說出這樣的話並聽她說明。

是不是將來有一天，她也會像這樣和孩子說話呢。

到時候一定會很開心吧。

「哥哥。」

有一股氣息。

是愛蕾麥特嗎？

「嗯……」

露緹用手指打信號……千里耳，是聆聽遠處聲響的魔法啊。

之前有聽露緹說過，那種魔法經過高度隱匿。原來如此，就算露緹已對我說過，現在的我還是沒辦法察覺到有魔法。

莉特也和坦塔繼續交談，並且對我們無聲地點了個頭。

「哥哥，要去散步的話果然還是帶個防曬乳比較好。我回去帳篷那邊拿一下藥。」

「我知道了，小心點啊。」

露緹自然地離開這裡。我昨天晚上有聽露緹說她想避免接觸愛蕾麥特。

露緹離開之後我們就裝成什麼都沒發覺的樣子，繼續裝水。

不過也就只是把水裝進水壺裡頭，一下子就結束了。

「好嘍，那我們出發吧！」

坦塔天真無邪地笑著說道。

在我們打算回去岸邊而站起身的時候，那股氣息有所動作。

這次是沒有戒備的動作。雜草發出沙沙聲。

「有誰在嗎？」

坦塔停下腳步。

當然了，我們也不得不停下腳步。

對方是想要營造出這種狀況，才刻意露出氣息？

儘管有可能是我想太多，但還是保持最大限度的戒備比較好。

「你們好，今天也為戴密斯神平等賜予我們的慈愛之心獻上感謝吧。」

愛蕾麥特嘴角浮現笑意。

沒辦法看出她那雙被皮帶覆蓋的眼睛有什麼表情。

「妳好，愛蕾麥特小姐。」

我以對不熟的人閒話家常的嗓音對她說話。

「妳是從陰暗森林來到這裡取水的嗎，真是辛苦。」

「因為我的水瓶倒掉了……就如你所見，我的眼睛看不到，有時就是這麼冒失。」

如此說道的愛蕾麥特輕輕一笑。

「好辛苦喔……」

「謝謝你為我擔心啊，小弟弟，不過像這樣子勞心費神也是修行的一部分喔。」

對於坦塔所說的話，愛蕾麥特欣喜似的這麼說。

「而且我都是因為這樣才能再遇見各位啊。」

好意這種感情表現，能夠有效地緩解他人的戒備。

對於天真無邪的小孩子想必更有效果。

坦塔好像有點對愛蕾麥特敞開心房了。

「那我們先回去了，希望愛蕾麥特小姐也度過美好的一天。」

沒有必要繼續留在這裡。

我打算離開這個地方。

……時機太差了。

這一瞬間，原本貼附在樹上的小型史萊姆掉下來了。

儘管是很弱小的怪物，莉特的意識還是向著小型史萊姆，把手伸向腰際的劍。

與此同時，愛蕾麥特打算取水而靠近湧泉，結果被樹根絆倒。

坦塔反射性地向愛蕾麥特伸手。
莉特沒辦法庇護坦塔。
我到坦塔前方伸手護住他。
愛蕾麥特的手捉住了我的手臂。
維持著快跌倒的姿勢，愛蕾麥特的臉朝我這邊抽動了一下。
「……謝謝。」
「不客氣……」

我被她碰到了。碰到我的那一刻，愛蕾麥特的動作有一瞬間靜止。
那是碰上意料之外的事情，感到驚訝後產生的動作。
碰到我之後，愛蕾麥特得知了某些事物。
「沒有受傷真是太好了。」
我用手臂施力，拉起愛蕾麥特的身子。
她迅速地離開我身邊。
莉特拔劍一揮解決小型史萊姆之後，一邊隱藏內心動搖一邊收劍。
「……不好意思，妨礙到妳的孤獨修行。」

「不會，剛才那是我反射性伸手求救所犯下的罪行，我才應該請你饒恕。」

「看來別一直待在這裡比較好，我們先走了。」

「好的，願各位度過美好的一天……小弟弟。」

「咦，嗯……」

愛蕾麥特對坦塔露出微笑。

「謝謝你有心幫我。」

＊　＊　＊

我們離開湧泉，與露緹會合。

走在前面的坦塔拿著森林裡撿到的木棍來玩，模仿著莉特斬殺小型史萊姆的動作。

「雷德，抱歉。」

「不，我也失誤了。」

她是不是看準小型史萊姆掉下來的瞬間？

不對，如果是那樣，我跟莉特都會發覺。

假如那一切發生的起點是小型史萊姆，我們就有辦法應付隨後行動的愛蕾麥特。

可是愛蕾麥特的行動與小型史萊姆的動作整個就是同時發生。
時機吻合到只能說是碰巧，使得我和莉特都沒辦法採取最適合的行動方式。
「我不曉得她到底用了什麼招數，不過一定有使用某種技能。」
那種技能不屬於會影響我方的種類。
如果是那種類型，露緹一定會發覺。
「嗯，我不可能沒注意到哥哥身上的變化。」
露緹如此斷言。
「既然如此，應該就是某種探查能力了。儘管那是連莉特都無法察覺的高強能力，但我們已經知道，能隱藏那種能力的愛蕾麥特是高手中的高手。」
連亞蘭朵菈菈都沒能察覺的探查魔法。
這座島上怎麼會有那樣的怪物呢。
「她怎麼會沒加入戰爭對付魔王軍，而且就算把範圍限制在佐爾丹周遭的事件，也有惡魔加護事件、對抗維羅尼亞王國的戰爭、勇者梵引起的許多騷動……完全不去理會這些事件的人類頂尖級戰力居然會在這裡，有這麼不合理的事情嗎？」
我不禁把話說得比較難聽。
「我想，那大概就像盜賊公會的畢格霍克和維羅尼亞的黎琳菈菈將軍那樣。」

「……這樣啊。」

的確，站在那些傢伙的角度來看或許真的很沒道理。

我們是因為想要過慢生活才會待在佐爾丹，可是……

「愛蕾麥特的目的是什麼？」

「如果只是為了修行那倒還好。」

不過直覺告訴我並不是那樣。

「假如是金錢或政治上的理由就很容易理解，可是虔誠的聖職人員行動理念與一般人不同，沒辦法預測啊。」

不曉得對方有什麼目的的戰鬥……我很不擅長應付這種戰鬥。

「雷德哥哥！」

「怎麼了？」

坦塔叫出聲來。

「你看，聚落的人們聚集在一起，在做些什麼！」

聚落的人們正在有棧橋的沙岸進行木材的加工作業。

看來是在造漁船的樣子。

「哦！你不就是我們的恩人嗎！」

人群裡有我昨天救助的漁夫。

他指揮大家打造漁船，剛好正在指示夥伴。

「你們好，能看見製作漁船的過程可真幸運。」

「哦，這樣啊，對我們來說只是普通的工作，看在恩人眼裡卻是很少見的景象。」

漁夫露出平易近人的笑容向我們招手，同意我們近距離觀看打造漁船的過程。

「這艘船造好之前，有一半的漁夫都會在陸地上工作。」

「還真辛苦。」

「船壞了還可以打造，漁夫死了就回不來。這點小事不算什麼啦。」

漁夫以開朗的表情這麼說。

這裡跟佐爾丹隔著一片海，不過這樣的開朗很像佐爾丹人。

「我有在造船所見習過，也做過速成的木筏，不過還是第一次看見製作這種船的過程。」

我在騎士時期曾去軍方的造船所提出打造軍船的性能需求，也曾在戰場上製作用來渡河的木筏，不過我對島民利用的漁船的製作方法還滿有興趣。

就我看來，畫在沙灘上的似乎就是設計圖。

儘管沒有寫上精確的尺寸，但有寫上該配合哪個零件的尺寸，還有製作零件的順序等等內容。

「一樣要從龍骨開始打造啊。」

縱貫整艘船中央的部位稱作龍骨。

那是選用特別堅固的木材製作的船舶零件，也是最重要的部分。

「畢竟那是船舶的背脊，人類的身體一定也是背脊做出來之後才形成身體的吧。」

「這想法真有意思。」

人失去心臟就會死，所以我覺得人一定是從心臟先誕生的，不過行船人似乎覺得背脊是生命的基底。

打造漁船的作業應該是今天早上才剛開始，所以還在製作要裝至龍骨的船底零件，仍是初期階段。

「原來如此啊。」

坦塔坐到正將木板裝上龍骨的人身旁，認真且十分開心地觀察船隻慢慢成形的詳細工法。

「小弟弟，這有那麼有趣嗎？」

「嗯！釘子的形狀也跟蓋房子用的不一樣呢！」

「對啊，我們用的是配合木板形狀做出來的船釘。」

「道具也幾乎只有用到斧頭呢。」

「用鋸子大略割出木塊以後，就只靠斧頭來加工了。畢竟要保養道具還得去一趟佐爾丹才行。」

「哇，沒有其他道具還能做出這麼吻合的零件啊。」

單靠一把手斧，慢慢削木頭來調整尺寸。

「用釘子這樣釘就不會漏水了呢。」

「小弟弟，你真聰明啊。」

「……啊，我知道了！」

「哦、哦哦？」

坦塔突然站起身來，這次是跑向畫在沙灘上的設計圖。

他好像發現了什麼一般，目光發亮地看著設計圖。

「只靠這樣的設計圖就能造船好厲害喔！」

「因為要做的事大都記在腦裡……小弟弟對漁夫有興趣嗎？」

「不是！我想當木匠！」

「哦！所以你也懂怎麼造船啊！」

「不過這跟蓋房子的方法完全不同，很有趣耶！」

「你要不要試試看？」

「可以嗎！」

坦塔瞄了一下我這邊。

我笑著點頭。

「麻煩你了！」

坦塔端正姿勢，低下頭去。

一年前的他還只是個孩子……想必是做木匠新手幫忙岡茲的時候就像那樣，也有好好地培養禮節吧。

莉特也一副很驚訝的樣子，就這樣看著削起木頭的坦塔。

「他做得很順呢。」

「是啊。」

坦塔馬上就學會了手斧的用法。

不是靠蠻力，而是靠手斧的重量去削。

重要的是角度。要既薄又平均地削，若是角度固定，削掉的量也會固定。

這是只靠一把手斧精確加工的訣竅。

看見坦塔理解得很快，聚落的人們也覺得這孩子很值得教，就開始教他各式各樣的事情。

「他們講了許多內容，坦塔卻能毫不混亂地理解……看他有這種天分，就能知道岡茲為什麼會對他抱持期待。」

「神明居然要那種天才匠人去當聖職人員，真是沒有眼光呢。」

「畢竟戴密斯神並不是看人來給予加護啊。」

一個人自己的天分與獲賜的加護沒有關聯。

如果不是這樣，就不可能發生人與加護不搭調的狀況了。

「養育孩子啊……」

莉特好像難以直視坦塔的身影一般瞇起眼睛。

和坦塔相遇以後過了一年多。

光只是這麼短的期間，他就讓我們看見這麼耀眼的成長。

倘若打從出生就一直陪在孩子身邊，不曉得會遇上多少令人感動的場面呢。

「好令人期待喔。」

「是啊，為了養育孩子，也得好好想想婚禮該怎麼舉行。」

「呵呵，一般的慣例好像是在訂婚後三個月舉行？」

「似乎是那樣。」

佐爾丹的習俗好像是那樣。

這本來是源自阿瓦隆大陸東南部的習俗，如果婚約是由父母決定，訂婚後就要讓未婚男女同居，以三個月的期間來判斷結婚生活能不能過得順遂。

可是我們兩個是自由戀愛，也已經同居，就算馬上辦婚禮應該也沒問題……

「不過訂婚與結婚之間的這段期間也很開心呢。」

從男女朋友變為夫妻。

夾在兩種身分之間，輕飄飄的期間。

這的確是只有現在才能感受到的。

「既能享受當下，也很期待將來嗎？這真的是難能可貴的幸福啊。」

「嗯！」

這個世界充斥戰事。

就連單純為旅遊而來的這座島上，也有愛蕾麥特這種危險人物。

我們今後想必也會被捲進各式各樣的戰鬥。

不過呢，就算世界是這副德行，我們還是要過著幸福的人生。

活著不是為了戰鬥，而是要幸福快樂地過日子。

現在在我們眼前的，是人們拿著具有刀刃的手斧打造漁船的景象。

怪物靠近村子的時候，聚落的人們好像也會拋擲同樣的手斧趕走怪物。
即便如此，那種手斧仍舊是打造船隻的道具。
我覺得這個世界也是一樣。
無論神明多麼想要我們戰鬥……

＊　＊　＊

到了傍晚，打造船隻的作業也結束了。
坦塔一直幫忙到他們作業結束。
聚落的人們似乎真的很過意不去，於是對坦塔說了好幾次他可以去玩，不過坦塔自己覺得很開心，就留下來一直幫忙了。
我跟莉特還有露緹就觀望著那樣的坦塔，在樹蔭下悠哉聊天。
要聊天在佐爾丹也可以聊，不過像這樣在旅遊地點聊天也有不一樣的樂趣。
我們就像這樣，在今天這一天好好地享受旅行。
而且我們也因為坦塔幫忙造船，得到島上田裡採收的蔬菜作為回禮。
這幾天大部分都在吃肉，今天就以蔬菜為主吧。

「我預定明天要去釣魚，坦塔打算怎麼辦？」

「釣魚！當然要去！」

「本來想借一艘船，不過漁船壞了，這裡好像沒有多餘的船。東邊稍微走一下的地方有個看起來很適合垂釣的海岸，我打算在那裡釣魚。」

如果要找釣場，去更東邊的一個岩場會比較好，不過那裡對小孩子來說很危險吧。

「這一帶好像可以釣到全長接近一公尺的大型魚，很辛苦喔。」

「一公尺！」

坦塔敞開雙手喊聲：「這麼長嗎！」仍未釣到的戰果令他眼光發亮。

回到岸邊後，坦塔就跑去岡茲他們那邊訴說今天發生了哪些事。

他們聊得很開心的樣子。

我就來準備晚餐吧。

「雷德先生。」

「是媞瑟啊。」

媞瑟和憂憂先生來找我了。

他們今天好像有游泳，媞瑟的泳衣外頭套了一件樣式簡樸的連帽外套。

憂憂先生頭上也戴著小小的太陽眼鏡，不過那八成沒有意義。

總而言之，他們倆的打扮都會讓人覺得有在享受假期。

「你們有享受旅遊嗎？」

「嗯，今天是去觀摩島民怎麼打造漁船喔。」

「哦，要是沒有這種機會就很難看見那種景象呢。」

「沒有任何目的，單純花好幾個小時觀摩別人造船，這樣利用時間真的很奢侈。」

「確實奢侈。」

我們分別是前騎士與殺手。

一直都在思考該如何有效活用時間，行動時連一秒都不願浪費。

在原地停滯多久，就會為隔天帶來多少劣勢。

我以前都是這樣思考。

「要說之前的工作有怎樣的旅行呢，就是在訓練吧。我有邊游泳邊對抗怪物喔。儘管也有自由時間，我都趁那種時候去領主那裡學習禮節和政治。」

「你很認真呢。」

「畢竟有露緹踏上旅途的時間限制，我就特別拚啊。」

我放假的目的，幾乎都是要讓肉體休息。

如果有餘力就會去打倒怪物，為提高加護等級而戰。

「我維持生計的工作也是加護等級太低就很容易死去，不過生活並不像雷德先生那樣急迫。」

「畢竟妳還有寫浴場的評論書籍，還到處尋找黑輪攤啊。」

媞瑟所寫的浴場評論書，我還滿想讀一次看看呢。

是不是去殺手公會才有辦法拿到手呢。

「那麼，雷德先生，我們言歸正傳。」

「嗯，找我有什麼事嗎？」

「有樣東西想請你看看……」

如此說道的媞瑟走到我面前。

「有東西想請我看？」

「在這邊。」

我跟在媞瑟的後頭行走。

離帳篷有段距離的岩地陰影處放了一個裝有海水的桶子。

「裡面有個袋子啊。」

「那是我游泳時順便抓的貝類。」

袋子裡頭裝了一些貝類。

「哦，很不錯耶！」

「哼哼，我很努力……你拿到手上看看。」

那是長得很大的雙殼貝。

這可以拿來烤，也可以拿來煮啊……嗯？

「這貝殼不錯吧？」

「嗯，相當不錯。」

本來以為這些都是一抓到就拿去泡海水的貝類，不過裡頭也有貝柱已經被切掉的。

我在袋子裡頭打開貝殼……裡頭寫有文字。

『愛蕾麥特今天有來接近營地。她現在也在竊聽。』

原來如此……

而且另外一個貝殼裡面有簡易地圖，畫的應該是愛蕾麥特藏身的森林所在地。

「該做成怎樣的菜才好呢？」

「其實我已經有想法了。今天就由我來做菜，雷德先生就和露緹大人一起玩吧。」

「可以嗎？那我就去邀露緹和亞蘭朵菈菈一起散步好了。」

「嗯，做菜的事情就交給我。我『一定』會做出好吃的菜色。」

「那我就放心了。畢竟媞瑟做菜的手藝比以前厲害不少嘛。」

這裡交給媞瑟來防備就好了。

我對媞瑟說今天有拿到蔬菜，然後就走去露緹那邊。

露緹就在帳篷旁邊看著天上的月亮。

「我也喜歡傍晚的月亮。」

露緹看著依然又白又細的月亮如此說道。

「嗯，很不錯呢，跟滿月又有不一樣的美感。」

「嗯。」

我也站到她身邊仰望天空。

月色真不錯。

「露緹，我想說等一下要找亞蘭朵菈菈一起去散步，妳覺得如何？」

「……我想跟哥哥待在一起。」

「這樣啊，知道了。那我們一起去散步吧。」

「嗯。」

露緹將她慣用的哥布林劍掛至肩上。

我也將銅劍佩至腰際。

晚上是很容易受到怪物襲擊的時間。

就算持有武器也不會很奇怪。

「要怎麼辦，需要手牽手散步嗎？」

「不用，哥哥先走。我會跟在你後頭。」

「好，我知道了。」

通知一下岡茲他們之後，我們就進入了森林。

好了，到這一帶就差不多……

「『雷光迅步』。」

我一口氣衝過森林。

「雷光迅步」是直線加速的技能，不擅應付障礙物。

這招再了不起也只是共同技能，還是將飛行與順風魔法組合在一起才會有較高的機動力。

一般的認知是這樣。

而且我幫助聚落的漁夫時也展現過這招「雷光迅步」。

愛蕾麥特應該認為「雷光迅步」就是我最快速的移動手段。

所以她會覺得，待在障礙物很多的森林裡頭很安全。

「不過我已經摸透這座森林了。」

我在森林裡走過。

只要知道障礙物在哪裡，就很容易閃躲。

我從林木之間跳出來的時候，愛蕾麥特正打算結印使用魔法，不過我的劍在魔法發動之前就擱上她的脖子。

「偷聽的行為不太好啊。」

「身手真是了得。」

愛蕾麥特儘管驚訝，卻沒有著急的樣子。

「一般狀況下很難對教會的人出手，不過假如營造出孤獨修行途中受到怪物襲擊的狀況，就沒有人會發現了吧？」

「那就令人困擾了，我可不想在修行結束前被人殺死。」

她還挺從容的。

不知道是確定我不會殺她，還是虛張聲勢讓自己看起來像占上風呢。

「在進行孤獨修行的苦行僧為什麼要監視我們？妳有什麼目的？」

「我時時刻刻都是戴密斯神的僕人，那就是我活著的目的。」

「神明與妳監視我們有什麼關聯。」

「居然想要揣測神的旨意，真是不知分寸的俗人啊。」

「妳這種菁英思想，還真是典型的聖職人員！」

「哥哥，上面！」

我聽見露緹的警告。

便反射性地跳開。

黑色身影以長槍猛烈地突刺我剛剛站過的地面。

「飛行惡魔！」

黑色影子的真面目是飛行惡魔！

過去曾突然襲擊阿瓦隆尼亞王國的王城，也曾逼近阿瓦隆尼亞王眼前的中級惡魔。

「教會的人居然會召喚惡魔啊！」

「邪惡可是為了戴密斯神而存在的奴隸，我能駕馭可是相當合理。」

那是遠遠強過劍鯊的強敵……不過——

「怎麼會！」

愛蕾麥特發覺我不理會飛行惡魔而向自己進攻，她確實有那麼一點動搖。

儘管飛行惡魔打算從側面刺穿我……

「太慢了。」

露緹的劍把飛行惡魔砍成兩半。

「神聖強襲！」

愛蕾麥特以魔法向我迎擊。

她釋放白色閃光，想要貫穿我的身體。

「聖靈魔法盾。」

比愛蕾麥特神聖之力還要強大的神聖護盾包覆我的身體，將閃光彈開。

「怎麼可能……！」

「飛行惡魔不算什麼，可以一邊用魔法一邊解決。」

露緹在王都旅行時就曾打敗飛行惡魔。

她連四天王都能打倒，如今面對這種對手當然不會陷入苦戰。

「唔！」

「別妄想再次使出魔法！」

我的劍貫穿愛蕾麥特右手手掌。

就這樣把她壓倒在地，連著手掌把劍刺進地面。

「啊啊啊啊啊！」

愛蕾麥特因痛楚而大叫。

她還打算用左手使出魔法——

「結束了，妳別動。」

「……嗯，似乎是這樣呢。」

露緹俯視倒下的愛蕾麥特，而她的劍尖正指著愛蕾麥特的眉間。

愛蕾麥特擺出死心的態度並放鬆力氣。

看來她失去了戰意。

我把愛蕾麥特的身體綁起來，令她無法抵抗。

為了不讓她使出魔法，還特別把她的手指牢牢固定。

這樣子她就沒辦法結印，不可能發動魔法。

「所以，這場戰鬥到底有什麼意義？」

我來到佐爾丹之後，這好像是第一次吧？

摸不清對手有什麼目的的戰鬥……

不過有些事情也要經過一戰才能理解。

「愛蕾麥特，妳的加護是『聖者』吧？」

「真虧你能知道。」

愛蕾麥特的加護是「聖者」。

與「賢者」成對，在數以千計的加護中也是唯一能夠使用「鑑定」技能的加護。

那是僧侶系最高級的加護之一。

這就代表，愛蕾麥特知道我是「引導者」。

我觸碰她的時候，她應該對我使用了「鑑定」。

「鑑定」原本是對眼前所見的對象發動的技能。

可是愛蕾麥特的雙眼失明。想必是「鑑定」技能的性質因此改變了吧。

雖是「鑑定」卻又和「鑑定」不同的技能。怪不得我和莉特都無法察覺。

「不過我們知道有什麼花招以後就不會再中招。既然知道以視線為發動條件的技能和魔法能用別的感知器官發動，那就有辦法應付了。」

「一般來說，就算知道了也無法應付才對耶。」

愛蕾麥特歪起嘴巴反駁。

從她的口吻中也感受不到戰意。

得問出她到底有什麼目的才行。

……這時我還不曉得愛蕾麥特的目的，但一直覺得那和「勇者」有關。

她可是這麼強大的「聖者」。

戴密斯神又想把露緹拉回「勇者」的道路，所以對這名「聖者」下達了什麼神諭。

我覺得這是最有可能的狀況。

這時的我還沒理解到，戴密斯神的思維與人類的價值觀完完全全地不同。

＊　＊　＊

同一時刻。雷德一行人作為營地的岸邊。

媞瑟在做菜的同時對四周保持警戒，亞蘭朵菈菈和植物交談，並且掌握到愛蕾麥特在森林裡的哪個位置。

由兩名高手加以戒備。

這原本是連雷德都不可能突破的狀況。

「胖胖木匠的鋸子♪嘰嘰嘰嘰吵吵鬧鬧♪」

岡茲隨意唱起喝醉時會唱的怪歌，坦塔則是在椰子樹林裡散步。

他在帳篷附近看見小猴子，就追到這邊來了。

小猴子爬到樹上。

坦塔覺得那很有趣便咯咯笑，然後心情很好地唱起歌來。

「全身都是木屑的老闆娘♪生氣地把鍋子給扔出去♪」

「這首歌很歡樂呢。」

「咦？」

不知不覺間，坦塔的眼前站著一名身穿白衣的高挑女性……那是以皮帶覆蓋雙眼的愛蕾麥特。

明明沒有閉上眼睛，眼前卻突然出現一個人。

如果是雷德他們，就會因為這樣的異常狀況而有所警戒，不過還沒出去冒險過的坦塔只是驚訝而已。

「愛蕾麥特……小姐？」

「是的，你能記住我真是令人高興。」

愛蕾麥特露出微笑。

仍是少年的坦塔情緒上由於她的神情而產生一點點不安的波動。

「那、那個，找我有什麼事嗎？」

「坦塔小弟弟。」

愛蕾麥特以充滿慈愛的表情繼續說道：

「你已經觸及加護了吧。」

「！」

坦塔驚訝地看向愛蕾麥特的臉。

愛蕾麥特依舊面帶微笑。

愛蕾麥特知道「弱小」有多麼強勢。那就是她最強大的武器。

現在出現在這裡的愛蕾麥特是只有反映於坦塔心智的幻影。

儘管有施加許多層高強的隱匿魔法，位於中心的魔法卻不是會危害對方的魔法，而是一種念話（Send Message）。

只是將自己的身影與話語傳遞出去，沒有會對坦塔的心智與肉體造成影響的效果，而且幻影甚至連岸邊的沙粒也無法撥動。

那是只要有魔法知識就能立即隔絕的魔法。

屬於初級魔法之一。所以才能突破媞瑟和亞蘭朵菈菈的防備。

正因為那只是顯現於坦塔心智表層的幻影，媞瑟才沒辦法發覺任何跡象。

亞蘭朵菈菈的植物們也因為坦塔身心沒有異狀而無法察覺。

正是因為影響很小，才會連大陸最強的兩人都沒能察覺。

這就是愛蕾麥特的強大之處。

「…………」

坦塔沉默不語。

雷德有再三規勸他千萬不能對其他人提起「樞機卿」的事情，坦塔自己也很理解其他人所說的話有多麼危險。

「沒事的，不需要告訴我你獲賜的加護是什麼。」

「嗯、嗯，抱歉，我不能說。」

坦塔低頭行禮。

那道幻影若不在坦塔的視野中便會消失。坦塔低下頭後，幻影便只在他視野的邊角留下腳部且慢慢消逝，不過沒有任何魔法知識的坦塔並不曉得這點。

坦塔抬起頭來，幻影的臉部恢復原狀，愛蕾麥特又能夠繼續發話：

「我是聖職人員，引導迷惘的信徒也是神明賦予我的責任。」

「責任……」

坦塔擺出困惑的神情。

這個世界上的人們一般認為聖職人員是一群好人。

坦塔以往也有受到佐爾丹教會的人們照顧。

儘管也有可怕的人，他們基本上都很溫柔。

而且佐爾丹教會頂層的席彥主教也是佐爾丹的一名英雄，人品相當好，與庶民之間並沒有什麼隔閡。

仍是孩子的坦塔對於聖職人員的基本認知就是該對他們抱持敬意。

「我的夢想是成為木匠……可是我的加護和木匠一點關係也沒有，讓我很煩惱。」

坦塔沒有透露「樞機卿」的事情，當成很一般的煩惱來訴說。

愛蕾麥特把坦塔所說的話聽完後才回應：

「我很理解你有所煩惱的心情。不是只有你會這樣，許許多多的信徒都會為自己的加護和人生煩惱。」

「果然是這樣啊。」

「你的朋友們，想必有為你思考一條捨棄加護責任，成為木匠的道路吧？」

「嗯。」

「那我就來訴說享受加護責任的幸福吧。」

「可是，成為木匠一直都是我的夢想。」

「這我很清楚，可是你如果不了解享受加護責任以後會走上什麼樣的一條路，就這樣直接前進，將來或許會後悔也說不定。」

「…………」

坦塔露出難以接受的神情。

會這樣也是理所當然，對於坦塔而言，成為木匠是他的夢想。儘管仍是個孩子，也知道在成為木匠的道路上有什麼挫折都是自己的責任。

坦塔不可能選擇不朝著夢想邁進。

……愛蕾麥特也知道這一點。

所以她並沒有否定坦塔的夢想……現在沒有否定。

「你有聽過列聖史格立柏紐斯和誘惑之惡魔的小故事嗎？」

「史格立柏紐斯？呃，他是對生病的朋友使用幸福戒指的偉大人物吧。」

「對，我要說的是比起祈求自己的幸福，更在意朋友能夠得到幸福的列聖的故事。這個故事很重要的部分，是誘惑之惡魔有讓史格立柏紐斯看見幸福的未來，以及不幸的未來兩者。」

「讓他看見兩種未來……」

「史格立柏紐斯捨棄了將來能得到的幸福、接受不幸並且實現誓言，拯救了即將死去的友人。正是因為如此，他在命中注定的不幸中死去後才會以列聖之名留下紀錄。」

「神明沒有幫助史格立柏紐斯嗎？」

「當然有幫助他呀。去世的史格立柏紐斯現在仍然像這樣，以列聖之名得到大家的尊敬。」

坦塔一副聽不懂的樣子，陷入深思。

「那個，意思是說我一定要知道沒有成為木匠的未來嗎？」

「對，要知曉兩種未來，然後再選擇要走的路，這才是神所賜予的試煉，也是神的慈愛。」

坦塔並沒有全盤理解愛蕾麥特所說的話。

「妳不是要我放棄夢想吧？」

「我的想法和你的朋友們一樣喔。重要的是讓你以自己的意志選擇自己要走的路。可是你做選擇之前，如果不曉得接受加護以後會有怎樣的幸福，不太公平吧？」

「這樣說好像也沒錯……如果只是聽妳說說倒是可以……」

愛蕾麥特聽了坦塔這番話便露出微笑。

「坦塔小弟弟，就讓我這位『聖者』愛蕾麥特……為你獻上我的故事吧。」

幕間

聖者所見的世界

我叫愛蕾麥特。

是一名獲賜「聖者」加護的貴族千金。

曾為士兵的曾祖父在戰場上大展身手而獲賜騎士位階，祖父擴展領地後得到男爵的爵位，讓我們家成了世襲貴族。

曾祖父獲賜「騎士（Knight）」加護，祖父則是獲賜「貴族（Aristocrat）」加護。

他們兩人都度過了理想的人生。即將永眠的時候也有許多親朋好友伴隨身邊，感謝著戴密斯神而蒙主寵召。

可是祖父只犯下了那麼一個重大過失。

那也就是所有不幸的源頭……你知道是什麼過失嗎？

祖父把家產全數交給了獨生子，也就是我的父親。

我父親獲賜的加護是「獵犬師（Hound Tamer）」。

父親很愛狗，其他的貴族也都大大稱讚父親養育的狗。

父親很溫柔，受到領民的愛戴，也很珍惜我們這些家人，真的是一個很好的人。

可是父親的責任並不是男爵家的當家。

即使他能了解狗的心思，對於他人的惡意卻很遲鈍。

儘管他很擅長指揮狗去狩獵，卻沒有辦法派人去戰鬥。

就算他能預料狗需要吃多少食物，卻沒辦法理解領地內生產的物品數量，和牽涉金錢的事務。

父親被鄰近的貴族欺騙，帶兵戰鬥後也落敗，失去了掌控水域與銅山的權利。

失去作為收入源頭的銅山，農業所需的水也變成必須得到對方許可才能利用。

運用水域的權利費用又占了一大半銳減的收入，家裡的資產一下子就見底。

他是個溫柔的領主，不過領民希望的是不要餓肚子。

後來領民就覺得我父親是除了溫柔什麼也不會的無能領主而蔑視他。

為了生存，父親只能任由欺騙自己的貴族擺布。

他甚至不顧領民的心情，終究連領地都被奪走，我們家就在父親這一代結束了。

當時的狀況就是那樣。

後來父親連面對困境的意志都沒有了。

原本很溫柔的父親變得會酗酒，性情也變得粗暴。

甚至連之前很珍惜的獵犬都放手不管。

父親每次酒醒就會哭著道歉，他那種樣子真的太過悲慘，令我不忍直視。

母親和兄長會捨棄父親，去母親那邊的貴族家庭也是沒辦法。我的家人現在好像也在貴族家裡工作。

只有我留在父親那邊。因為覺得要是連我都不在了，父親應該會自己了結性命。

父親把希望寄託在我的「聖者」上頭。

他依靠曾送他獵犬的主教，將我送至聖地萊斯特沃爾，想要讓我成為一名傑出的聖職人員。

然後我就可以運用聖職人員的權力來拯救家境——這就是他的打算。

把這個家救起來之後，家人就會回來，到時我們再一起生活……父親當時是這麼對我說的。

父親碰上的問題確實只是偏遠地區的小領主之間的問題。

只要有教會的有力人士介入，想必一切都能迎刃而解。

可是那真的是父親的幸福嗎？

父親當下會陷入不幸，是因為他沒有完成加護的責任，而打算去完成貴族當家這種與他不搭配的責任。

所以……我就毀掉了父親的家業。

父親守下來要留給我繼承的領地，現在已經是欺騙父親的貴族的領地了。

相對地，我為父親準備了足以過活的資產，還有能為貴族養育獵犬的環境。

父親沒有原諒我，但我聽說他現在的人生十分幸福。

讓加護來決定人生絕對不是什麼不幸的事情。

騎士有騎士的幸福，貴族有貴族的幸福，獵犬師有獵犬師的幸福，奴隸有奴隸的幸福。

加護是愛，戴密斯神賜予大家的就是愛。

相信愛，信仰就會化為幸福，幸福就會化為功德。

就算你還不太理解，也請一定要記在心裡。

記得神的愛無論何時都伴隨在你身邊。

第四章

開心的料理

隔天早上，岸邊的帳篷。

「結果什麼也沒問出來。」

露緹看似遺憾地這麼說。

「畢竟是苦行僧，就算給她顏色瞧瞧逼其說出目的，她也能一直忍耐啊。現在應該只能把她綁起來，維持無法危害我們的狀態了。」

我如此回應。

在帳篷裡的有露緹、莉特、亞蘭朵菈菈和我這四個人。

昨晚愛蕾麥特趁虛而入一事讓媞瑟覺得自己該負起責任，目前她跟在坦塔他們身邊戒備。

真沒想到愛蕾麥特會一邊和我們戰鬥一邊接觸坦塔。

可是這個營地裡頭，應該只有露緹可以在事前不具備任何知識的狀況下察覺到愛蕾麥特的魔法。

為了與愛蕾麥特一戰而把露緹帶出營地的那一刻，愛蕾麥特的目標就算達成了。

「但我覺得她應該沒辦法想出那種計謀。」

「是啊。」

我同意莉特所說的話。

我們確實被她擺了一道。

可是沒幾個人能辦得到面對我們這群高手還要趁虛而入。

不過，站在愛蕾麥特的角度來看，這次的結果有太多偶然的要素。

愛蕾麥特成功鑑定的只有莉特跟我，兩個人而已。

就算從「引導者」的存在推測出有「勇者」，並且把展現過植物操控能力的亞蘭朵菈菈排除在外，我覺得她也不會知道媞瑟和露緹當中哪一個才是「勇者」。

愛蕾麥特雖然拿自己當誘餌引出了露緹，可是若由我來擬定對策，很有可能會讓露緹留在營地，帶亞蘭朵菈菈去森林裡。

更不用說還有我們會殺掉愛蕾麥特的可能性。

只是我們剛好不會做得那麼絕而已，但在這世界上，去找比自己強大的對象多管閒事，就算真被殺掉也沒什麼好抱怨。

如果沒有同夥分頭行動，自己來當誘餌就不合理。

若要好好當個誘餌，就該處於就算自己被抓、被殺死也會有夥伴救場的狀況。現在愛蕾麥特無法反抗，關在自己的小屋子裡。

我們調查過愛蕾麥特的小屋，但裡頭只有教會人士常用的戰鬥用魔法道具，除此之外沒有半點特別的東西。

在那間小屋生活的人的確只有愛蕾麥特。

「島上確定沒有其他人吧？」

「對，我們花了整晚探索整座島嶼，可是島上只有我們跟聚落的人們，以及被綁起來關在小屋裡的愛蕾麥特而已。」

我對莉特的問題如此回應。

愛蕾麥特擺了我們一道，不過換來的是被我們抓起來，無力反抗的狀況。

她要是沒有夥伴就沒辦法有進一步的行動，卻還是單獨行事。我們該怎麼看待她這種矛盾的行為呢。

「她會不會是對自己的實力很有自信，覺得對上雷德和露緹也能夠取勝呢？」

「如果她認真這麼覺得，應該就不會用這麼迂迴的方式，而是會直接潛進營地。畢竟讓我們癱瘓再達成目的就行了。」

「確實如此……到頭來愛蕾麥特究竟有什麼目的？」

愛蕾麥特的目的……愛蕾麥特所做過的事情，就是第一天來找我們搭話，第二天白天到湧泉處接觸我們，然後在第三天晚上引出我們，並以魔法接觸坦塔。

「我確認過，坦塔身上並沒有被施加操作心智一類的招數。」

露緹如此斷言。

若是這樣，愛蕾麥特做到的事情就只有對坦塔說話而已。

愛蕾麥特應該沒有「鑑定」到坦塔的加護，但她也有可能像劉布樞機卿那樣，受過只要是遇上「樞機卿」加護就能夠直接看出來的訓練。

「不過她是為了讓坦塔成為『樞機卿』才做出那種事的嗎？那是值得讓高等級『聖者』賭上性命的行為嗎？」

「唔嗯……」

逐一檢視愛蕾麥特的行動後，看得出來愛蕾麥特的目的並不是「勇者」露緹，而是放在「樞機卿」坦塔身上。

「樞機卿」當然是既稀少又偉大的加護。

可是那和「勇者」不同，並不是獨一無二的加護。

教會想要留住「樞機卿」，可是也有「樞機卿」受過教育後還是不適任，就受到教會方允許離開教會，自由自在過生活的前例。

「樞機卿」重要的程度並不會讓教會不惜任何犧牲也要留住，也不會為了把人留住就寧可讓市民受傷。

「虔誠求道者的價值觀與一般人不同。」

露緹不帶感情地這麼說。

「比起用對方的視角來看，以發生過的事情客觀推測目的會比較好。」

「這樣的話，她的目的就是讓坦塔完成『樞機卿』的責任了啊。」

雖然不太合理，但也只能這麼接受。

「信仰也有那樣的一面。」

「……如果是這樣，問題就解決了。愛蕾麥特已經沒辦法再接觸坦塔。她所說的話好像讓坦塔有點內心動搖，但他看起來還是沒有打算放棄成為木匠的夢想。」

「嗯，坦塔會實現自己的夢想。」

如此說道的露緹點頭。

「……我還是沒辦法釋懷。」

我如此低語。

無論如何就是覺得納悶。

「可是愛蕾麥特已經動彈不得，也沒有同夥會幫助她吧？」

「對，考量到目前手上的資訊，她不會造成危險。不可能靠『聖者』技能逃脫。」

愛蕾麥特已經什麼也辦不到。

所以是我們贏了。

「我沒有已經取勝的感受。」

這就像是用劍斬殺對手時發現沒有好好命中，令人厭惡的感受。

明明就是要撂倒對方才揮劍，結果卻確定自己並沒有打倒對手。

劍士遇上這樣的狀況，就會有一種非常不舒服的情緒。

「還是不能疏忽大意。」

「是啊，旅行還有兩天。明天中午就會有人來接我們……要好好享受旅遊，讓坦塔留下美好的回憶，並且保持遇上什麼困境都能迎刃而解的狀態！」

莉特強而有力地這麼說。

她說得對，我們是該慎重一點，帶著懦弱的情緒就不可能取勝。

今天安排的行程是大家一起去釣魚。

現在已經不用擔心被愛蕾麥特竊聽，所以今天可以無憂無慮地好好玩樂。

還剩兩天。由於明天是踏上歸途的日子，早上在海邊玩一玩以後，去聚落知會一聲就要離開了。

今天是能大玩特玩的最後一天。這樣一想就覺得時間很寶貴。

來為今天的釣魚做準備吧！

＊　＊　＊

接下來該做的事情有……

1　準備早餐。

2　準備可以邊釣魚邊吃的便當。

3　準備垂釣用的魚餌。

「就是這樣，大家都有心理準備了嗎？」

「「「「有！」」」」

在我面前排成一列的是坦塔、露緹、娜歐和米德。

「雷德哥哥！」

「坦塔隊員，什麼事呢。」

「雷德隊長！」

坦塔聽了我說的玩笑話，還特地重新回應一次。

他滿有精神的啊。

「如果大家分擔不是會比較快結束嗎？」

「嗯，問得很好。」

我刻意賣個關子再把話說清楚：

「就如坦塔隊員所說，若分成不同隊伍來分擔，效率應該會比較好。可是假如那麼做，在這三種有趣的體驗當中，坦塔就只能體會一種了。」

「啊！」

「自己思考菜單，為大家做早餐的樂趣。想像大家中午用餐的樣子和菜色滋味，同時製作便當。」

「聽起來好有趣！」

「製作海釣的魚餌也很有趣喔，要想像魚兒的心情，思考怎樣的餌才會好吃。」

「要怎麼知道魚兒的心情啊！」

「坦塔來島上游泳游這麼久，現在應該知道啦。」

「唔嗯……」

看見坦塔兩手環胸思考魚兒心情的樣子，娜歐和米德會心一笑。

「就這樣，我們所有人都要進行這三個項目！」

「好～」

好了，開始做事啦。

如果要追求效率來進行，我會覺得該把每個項目的各個階段分開，讓大家不會有手邊閒著的時間。不過這次是要讓坦塔清楚了解目前手上在做些什麼內容，就要照順序一步步來做。

「那麼，先從早餐開始做吧。」

今天的早餐是貝類、鮭魚加椰奶的燉菜，配上煎蘑菇。

「今天就像這樣，展現一下野營冒險者派的做法吧。」

「冒險者派？」

我把乾糧餅乾拿出來。

烤得很硬的餅乾是冒險者旅行前會先準備的，很普遍的乾糧。

儘管口味不差，每天吃就有點難受。

「如果有得到還不錯的材料，就會巧妙地運用這種餅乾。」

我把餅乾剁成小碎塊。

「換個角度來看，這就是含有鹽分的麵粉。」

餅乾碎塊就放進鍋裡跟奶油一起炒。

我讓坦塔看怎麼做，然後讓他做做看。

「哦，冒險者是這樣做菜的啊！」

「要不要帶著麵粉就看冒險者個人的想法，不過直接吃掉比較方便。只是在面對眼睛看不見的怪物時，就可以把麵粉灑在地上，透過足跡看出怪物的所在地。因為有這樣的用途，有些冒險者會把麵粉分成小包帶著走。」

儘管提高加護等級，能大量攜帶便利的魔法道具後就會有更方便的解決方式，可是沒有道具箱的一般冒險者只能依靠有限的道具設法應付。

麵粉是容易保存的食材……不過冒險者不會干願停在這種程度。

有些冒險者公會支部好像還會教人從一根棍棒想出一百種用途。

「可是啊，如果是那種用途，用粉筆的粉末就行啦。」

「哦～」

如此說道的坦塔拚命地攪拌鍋子。

他努力的樣子令人會心一笑。

「我可以炒個蔬菜嗎？」

「媽媽！」

娜歐和露緹把蔬菜切好了。

我和娜歐交換位置，把烹飪工作交給她。

母子倆站在一起做菜。

「真不錯呢。」

米德來到我身邊這麼說。

「雷德，真的很謝謝。這次的旅行對我們一家人來說已經是難以忘懷的回憶了。」

「那真是太好了。」

我麻煩米德處理鮭魚。

「我手不太巧，雷德又這麼擅長做菜，被你看著還挺令人害臊。」

「但你做得很仔細耶，細小的魚骨也都挑掉了。」

岡茲也有誇過他，說他做木匠工作時也很仔細。

儘管米德不像岡茲那樣很有天分，但岡茲在工作上很信賴他。

「不知道我是不是個好父親呢。」

「怎麼突然說這個？」

「只靠我一個人，沒辦法給坦塔留下這麼開心的回憶。木匠的技術也是，哥哥比我懂更多。我在想，自己當冒險者遇到挫折，靠哥哥和娜歐幫助才好不容易能過生活，這樣子到底適不適合當坦塔的父親呢。」

「快樂的旅行中別想這麼寂寞的事情啦。」

「啊哈哈……我突然很擔心，不知道自己能幫即將成為大人的坦塔做些什麼。」

「爸爸！」

坦塔跑到這邊來了。

「我把鮭魚拿過去喔！」

做燉菜的流程也到後半段了啊。

接下來把一開始的碎餅乾拿去炒的東西加進去熬煮就完成了。

「我們來切蘑菇吧。」

「好喔。」

我們切起用來配燉菜的蘑菇。

米德專注地看著我的手邊。

「雷德真的很熟練耶。」

「畢竟我平常就有在做菜啊。」

我們「咚咚咚」的切著蘑菇。

「坦塔他啊——」

我開口說道：

「看起來很幸福。不是只有旅遊的時候這樣，平時也是……所以我覺得米德一定是個好父親。」

「……嗯。」

「我還沒有孩子所以不是很懂，可是我和莉特以米德你們那樣的家庭為目標……我想要成為像米德一樣的父親喔。」

「像我一樣的父親啊？」

「米德已經理解了吧？我們討論坦塔該如何取得技能的時候，你不是有說坦塔的幸福是最重要的嗎？」

我把自己切的蘑菇跟米德切的排在一起。

「料理的本質在於能不能讓吃下肚的人產生幸福的心情。蘑菇和鮭魚就算切得再好也只是工法而已。」

「你的意思是坦塔很幸福，所以我是個好父親？」

「對，你要抬頭挺胸啊。」

「……雷德可真會鼓勵人呢。」

如此說道的米德笑了出來。

他的笑聲有些顫抖，我也聽見吸鼻水的聲音。

接下來別再多說什麼會比較好吧。

儘管蘑菇很快就會全部切好，這一小段時間我都沒去打擾米德。

＊　＊　＊

燉菜上桌前的最後一道手續由我來處理。

畢竟這部分會受到料理技能的影響，也只能由我來做了。

「「早餐完成！」」

我和露緹擊掌拍出聲響。

坦塔也有樣學樣地和娜歐擊掌。

「那我們吃早餐之前，就先把便當準備到一半吧。」

「準備到一半？」

「對，今天的便當是可麗餅。」

「「可麗餅！」」

坦塔……目光閃閃發亮的程度好像沒有露緹那麼強烈。

「吃早餐之前先做到讓麵糊靜置的階段吧。」

準備蛋、麵粉、奶油與砂糖。

雖然我比較喜歡用牛奶但島上沒有牛，所以就換成羊奶。

「只是把這些材料攪拌在一起，很簡單耶。」

「這次就用一般的麵粉了呢。」

「……要把餅乾捏碎其實也可以啦，只是要碎到能做出可麗餅給所有人的分量就太麻煩了。」

剛才那只是讓坦塔見識一下冒險者的做法而已。

既然有麵粉，直接用麵粉來做一定比較輕鬆。

「啊哈哈。」

我被坦塔笑了。

後來主要是由坦塔和露緹攪拌麵糊。

不知道為什麼，攪拌材料的過程總是令人開心。

他們兩人快樂地做著九人份的可麗餅麵糊。

＊　＊　＊

大家一起做的早餐很好吃。

若單講口味，我一個人做應該會比較好吃，不過大家一起做菜的回憶本身就是讓料理變好吃的最佳調味料。

「這是坦塔做的啊！」

「嗯！」

「很好吃耶！」

如此說道的岡茲用力搔搔坦塔的頭。

我舀起鮭魚來吃。

椰奶的風味和鮭魚的口感非常搭。

「這個鮭魚，應該是雷德處理的吧？」

亞蘭朵菈菈這麼說。

「妳怎麼這麼覺得？」

「骨頭都有全部挑掉，如果不是平常就在做菜的人，很難做到這種程度喔。」

「啊哈哈……其實是我挑的。」

米德害羞似的舉起手來。

「原來是米德啊！很厲害耶！」

米德受到誇獎便紅起臉來。

「嗯哼！」

坦塔因為父親受人誇讚，就高興似的擺出得意洋洋的態度。

米德果然是個好父親。

＊　＊　＊

吃完早餐後，接著來做要帶便當的可麗餅了。

接下來莉特、亞蘭朵菈菈、媞瑟、憂憂先生與岡茲也都要一起來做。

把麵糊拿來煎，再拿喜歡的料包進去。

煎麵糊和備料的部分由我來負責。

要拿來包的料大多是海鮮類，不過也有準備香腸、炒蛋、島上的新鮮蔬菜水果，以及從佐爾丹帶來的醃黃瓜和水果蜜餞。

用這種方式來做應該會發動我的料理技能，做出美味的可麗餅。
最後再開心地捲起來就好了。
「放進萵苣、香腸、炒蛋、魚肉片、蝦子……」
「喂喂，坦塔，放那麼多會滿出來喔。」
看見坦塔把喜歡的食物接二連三放到可麗餅餅皮上，岡茲傻眼地這麼說。
小孩子很喜歡這種可以把喜歡的料放進去的菜色。
坦塔開心地包著可麗餅，岡茲他們也滿心歡喜地望著那樣的景象。
「欸，雷德你看！」
「做好美味的可麗餅了。」
莉特和露緹把包好的可麗餅拿給我看。
她們的表情看起來很開心。
嗯，既然大受好評，提議做這個的我也很高興。
我也來包個什麼吧……螃蟹之類的應該會很好吃。
我們就像這樣準備好便當，只剩下做釣餌了。
「材料還是麵粉。」
麵粉真的有夠方便。

「要做釣餌球啊。」

「哦，你知道啊。」

「因為在佐爾丹河釣的時候也會做啊！」

坦塔這麼說。

釣餌球很常見，所以他知道啊。

「「釣餌球？」」

莉特和露緹顯得疑惑。

露緹不知道倒還不意外，莉特不曉得讓我滿意外的。

「我不是很懂釣魚，不過釣餌不是都用蟲子或小魚之類的嗎？」

「釣魚是歷史悠久的文化，所以釣餌也分很多種。」

「我一直以為會用到和岡茲一起抓來的這些螃蟹呢。」

莉特讓我們看一看放在布袋裡頭的一堆小螃蟹。

那已經有用熱水處理過，然後連袋子一起擰起來去除水分。

「螃蟹也是材料喔，謝謝你們幫忙收集。」

我們在做早餐的那段時間，有請莉特和岡茲去收集這些螃蟹。

「可以幫忙把螃蟹隨意搗碎嗎？」

「了解～」

我趁這個時候切大蒜，再和麵粉一起攪拌。

「接下來把莉特的螃蟹加進去，再加水磨成膏狀就完成了。」

「哦，真的是顆球耶。」

莉特覺得有趣地這麼說。

就是要把這玩意兒做成球形再裝上釣鉤當作魚餌。

儘管有些魚比較適合用蟲子或蚯蚓來釣，不過我們這次有九個人要釣魚。

要捉來一堆蟲子也很麻煩，能夠一次大量製作的釣餌球比較方便。

佐爾丹倒是有收集了各種不同釣餌的店鋪，但這裡可是在島上。

「釣餌球裡放的材料會依照釣客的習慣而有所不同。有些人會帶各式各樣的東西，觀察魚兒的狀況再當場變更混進釣餌球的材料。」

「原來有很多種啊，真有趣！」

「我們這次是用容易拿到手的材料來做做看，如果釣不到就到時候再另外想吧。」

思考釣餌與釣法也是垂釣的樂趣之一。

釣餌球可以到釣場再混進別的材料。

害怕蟲與蚯蚓的人也可以放心利用，正適合這種玩樂性質的垂釣。

「這次要做九人份，大家一起來幫忙吧！」

聽我一聲令下，坦塔他們也開始做起釣餌球。

或許是滿喜歡那軟糊糊的觸感，坦塔十分專注地揉起釣餌球。

這次我們做的早餐、便當、釣餌的要旨是「做著做著會很開心」。

從大家的表情看來應該有順利達到這個目標，這使我很高興。

「準備ＯＫ！那我們出發去釣魚吧！」

所有人都「喔～！」地叫出聲音。

今天一整天也開開心心地度過吧。

＊　＊　＊

位於島嶼東邊的海岸。

海岸線有點不規則，不曉得是不是受到海流的影響呢。

「這裡離開岸邊後水會突然變得很深。游泳會有點危險呢。」

「不過很適合垂釣吧。」

媞瑟不知從哪裡拿出一套釣客衣裝，她現在一副就是要來釣魚的裝扮，也有戴太陽眼鏡。

憂憂先生也戴著一頂釣魚帽，大概沒什麼意義……不過那可以避免日光直射，或許這次戴帽子真有效果也說不定。

媞瑟和憂憂先生一副勢在必得的樣子。

這樣還滿像朋友們約好要去釣魚放鬆，集合時卻只有一個人全副武裝出現的狀況，然而充滿幹勁也是一件好事。

「媞瑟姊姊好厲害喔！」

「呵呵呵，居然能知道我這裝扮有多麼厲害，坦塔將來很有前途啊。」

媞瑟和憂憂先生都閃閃發亮。

尤其媞瑟的雙眼被太陽眼鏡遮住，反而能讓人想像出符合她那番話的神情，能感受到她不太明顯的表情變化中其實藏著一張得意洋洋的面容。

「好啦，雷德！來比個高下！」

「我上次的釣果不怎麼樣，但今天的我跟之前可不一樣。」

莉特和露緹也是躍躍欲試。

可不能輸給他們啊。

＊　＊　＊

「怎麼可能……」

我輸了。而且輸得徹徹底底。

「耶～」

露緹兩手比出Ｖ字手勢，喜形於色。

她釣到的數量遠遠超過其他人。

媞瑟釣到的魚尺寸遠遠大過其他人。

無論要看數量還是尺寸，我都是第二名。

儘管是第二名但跟第一名差距很大，大到根本不可能說我有機會能贏。

「我有偷偷練習。」

「我們倆有一起去釣魚嘛。」

這麼說的露緹和媞瑟顯得很愉悅。

雖然很不甘心，但能看見妹妹的成長也很令人開心。

「可是雷德第二名耶，很不錯了呀。」

莉特看起來很不甘心。

這次釣得不太順利。

她不只輸給我們還輸給坦塔，排名第七。

「太好了～贏過莉特小姐了～！」

「坦塔，不錯喔！」

「不愧是我們的兒子！」

坦塔和圍著他的家人都十分開心。

不過米德和娜歐幾乎都在幫坦塔，有一種其實是三人聯手贏過莉特的感覺。

然而這也不是在比賽。

莉特應該只是覺得表現出悔恨的樣子能讓坦塔他們更有贏家氣氛，才會故意誇張地表現出不甘心。

她是很溫柔的女性。

「雷德！回佐爾丹之後，我們倆也要一起做垂釣特訓喔！」

如此說道的莉特天藍色的眼瞳燃起鬥志。

嗯，她大概很溫柔。

回去以後，找個時間跟她單獨去釣魚吧。

我們聊著這些事情時，吹來了一陣相當強烈的風。

憂憂先生的帽子差點被吹走，他急忙抓起帽子。

「雷德。」

亞蘭朵菈菈看向天空開口：

「釣魚差不多該結束了。」

「咦～太快了吧！」

坦塔如此抗議。

不過照亞蘭朵菈菈所說去做比較好吧。

「抱歉喔，坦塔，可是有暴風雨要來了。」

莉特代替亞蘭朵菈菈這麼說。

我還只有暴風雨可能會來臨的預感，不過使役精靈的那兩人想必是確切理解到目前已經進入暴風雨必定來臨的階段。

「看來明天沒辦法回去了。」

「嗯，這樣子真的不能出航。」

亞蘭朵菈菈如此回應。

「是很強的暴風雨嗎？」

「如果不是遠洋航海用、耐浪性很強的大型船應該撐不下去。」

既然以前有當過船長的亞蘭朵菈菈都這麼說了，八成不會有錯。

「回去以後把帳篷收一收，到聚落裡避難吧。」

「唔～帳篷也要收起來啊。」

坦塔好像覺得很空虛。

儘管旅行應該會多延幾天，但要收拾旅程中用來過生活的帳篷，就不由分說地令人意識到旅行即將結束。

我摸了摸坦塔的頭。

「假如想來，再來就好嘍。」

「……嗯。」

來到這裡旅遊也算是小小的冒險，然而坦塔提高「樞機卿」的加護等級後，應該就有辦法驅逐佐爾丹附近一帶的怪物了。

若是那樣，坦塔就可以隨時來這座麵叉島旅遊。

而且還不只這座島。

只要是世界盡頭之壁以外的地方，他想必能想去哪就去哪。

即便無拘無束的孩提時期馬上就要結束，不過取而代之的是，無拘無束的大人時期正等著坦塔。

只要意志沒有受到束縛，坦塔就能走上自由的人生。

＊　＊　＊

釣到的魚放進袋子裡，大家分攤提走。

這些魚就用來做今天的晚餐和明天的早餐吧。

……媞瑟釣到的那尾大得很誇張，沒辦法裝進袋子裡，所以她用繩子將魚綁起來揹在背後。

……超過八公尺的鼬鯊到底要怎麼料理才好啊？

我們回到營地收拾帳篷。

與設置時相比，收拾的速度快上不少。

分解後捆起來的帳篷收進莉特持有的道具箱。

收尾的時間過得相當快。

「天氣明明很不錯，真的有暴風雨要來嗎？」

岡茲這麼說。

天空一片晴朗，不過雲朵很多。

「你看，漁船也都回來了喔。」

「真的耶。」

岡茲驚訝地睜大眼睛。

我看見這種狀況也很訝異，沒想到使役精靈的一流高手才能察覺的預兆，就連一般的漁夫也能察覺……或許是有什麼長年以來十分理解這座島和這片海域的人才能體會的事物吧。

若只限於這片土地便能具有媲美精靈的直覺，人類的能力可真是厲害。

「欸，雷德。」

莉特一來到身旁就在我耳邊說悄悄話。

「愛蕾麥特該怎麼處理？」

「……總不能放著她不管呢。」

愛蕾麥特是高等級的「聖者」，一般狀況下暴風雨不會對她造成威脅。

事實上這五年她也一直都在島上獨自生活。

「現在她被綁住無法離開小屋，手指也封住無法使用魔法。就算是專精魔法的『聖者』加護也難以應付眼下的狀況。為了預防萬一，還是去看一下比較好吧。」

「要讓誰去？」

「我和莉特去比較好吧。不管怎樣都不希望露緹遭人鑑定，也希望能與森林植物交談的亞蘭朵菈菈留作後援。而且媞瑟和憂憂先生正專心守護岡茲他們，若是這樣由我和妳過去最好。」

「了解！」

「到聚落談完話以後，我們就悄悄溜出去吧。」

當然了，我們也會跟露緹她們溝通好。

但不想讓岡茲一家人還有聚落的人們抱持多餘的疑念。

暴風雨過後就要離開島上。

等到那時再放開愛蕾麥特做個了結。

之後讓她隨意去修行即可。

＊　＊　＊

「能接納我們真是幫了大忙。」

「別這麼說，其實我們正想去叫各位過來呢。」

抵達聚落後，聚落的人們溫暖地迎接我們。

「暴風雨來得好突然，漁夫們也急急忙忙地趕回來。」

聚落為了預防暴風雨而封起窗戶，也把原本放在室外的物品收拾起來。動作真快啊，不愧是常有暴風雨的海域的居民。

「寄放在這邊的魚就交給我們吧，會煮得很好吃喔。」

「謝謝你們，宴會的料理都很好吃，所以我們很期待今天的晚餐。」

「我們才要謝謝各位帶魚過來，畢竟有暴風雨就沒辦法出去捕魚了。各位說可以一起吃真是幫了大忙。」

我們決定與聚落的人們一起享用今天釣到的魚。

畢竟那分量由九個人吃會太多，與聚落的人們分一分也剛好。

露緹釣的魚多到裝進大袋子還會滿出來，媞瑟釣到的鼬鯊讓我覺得無論是要烹飪還是要吃掉都太辛苦了。

憂憂先生用自己的蜘蛛絲釣到的，看起來很好吃的龍蝦我也想趁新鮮的時候煮給大家吃，能在聚落處理真的是太好了。

「這裡是個什麼都沒有的地方，不過在暴風雨過去之前請各位放鬆待著。」

因為這個聚落沒有能讓旅客住宿的旅店，於是我們借住在村長家裡。

雖然是大家都睡在睡袋裡的大通鋪，還是遠遠好過在暴風雨中野營。

「那個。」

「嗯？」

坦塔舉起手來。

他的表情很嚴肅。

「做到一半的船會怎樣？」

「我們運到森林裡了……但有可能會壞掉呢。不過在佐爾丹生活就是會這樣。」

佐爾丹常有暴風雨，居民也能接受製作好的物品被天災毀掉的狀況，覺得那是無可奈何的事。

佐爾丹人會有懶惰的個性，應該有很大一部分是受到「就算努力也會被暴風雨害得前功盡棄」的天候所影響吧。

生於佐爾丹，在佐爾丹長大的坦塔當然也知道這點，可是……

「有沒有辦法顧好它呢……？」

坦塔這麼說。

他看起來很不甘心。

「你有這樣的心思我很高興……」

村長一副很困擾的樣子，搔了搔後腦杓。

村長的神情表示他無計可施。

坦塔看來仍無法接受，還在思考有沒有什麼方法。

將來的坦塔或許會有什麼妙計，但現在的他真的無計可施。

露緹看著那樣的坦塔露出微笑。

「……我會搬到這裡來。」

「露緹姊姊！」

「由我來就辦得到……我要守住坦塔幫忙打造的船，不受暴風雨破壞。」

如此說道的露緹輕聲一笑。

「謝謝妳，露緹姊姊！」

「嗯。」

如果交給露緹，想必能揹起打造到一半的漁船並搬進聚落。

開始造船後過了兩天。

這種階段的作業就算前功盡棄，應該也還在聚落的人們能接受的範圍。

不過露緹想守住坦塔幫忙打造的船。

實際乘船的人，也就是村民們並沒有尋求救助，所以那和「勇者」的衝動無關。

想要守護少年回憶的想法是出於露緹的意志。

並非出自加護，露緹的意志本身正是勇者──我很高興地如此心想。

「雷德。」

「嗯，我們就趁現在去看看愛蕾麥特的狀況吧。」

漁船的事情交給露緹，我和莉特前去愛蕾麥特的小屋。

＊　＊　＊

風勢變強，天空被黑色的雲朵覆蓋。

到了這種地步，我也有辦法完全確定。

暴風雨正急速接近這座島。

「雨也開始下了啊……我們盡快完事，早點回去吧。」

「好喔。」

我和莉特奔馳著穿越森林。

莉特的「精靈斥候」很擅長應付森林地形。

就算在草木茂密的地方奔跑也不會降低移動速度。

「看得見嘍。」

「那就是愛蕾麥特的小屋？一個人蓋的房子能這麼有模有樣真了不起。」

「畢竟她是高等級的『聖者』，我想那是用魔法切割圓木後組合起來的小屋。」

做孤獨修行的人一般會住在，看起來像是將樹枝纏在一起後塗上泥巴蓋成的小屋，不過愛蕾麥特這棟儘管稱不上豪華宅第，還是比那種小屋氣派許多。

「四根梁柱有確實深入地面打好地基。那並不是單純在地面上擺好圓木，就算暴風雨來襲也有一定程度的抵禦力吧。」

「像這樣子什麼都辦得到，孤獨試煉還會有意義嗎？」

就像「賢者」艾瑞斯那樣，「聖者」愛蕾麥特也能使用法術和祕術。

她想必可以一個人辦到絕大多數的事情。

曾是我朋友的半妖精「賢者」以前也有在戰場上用魔法打造土製城堡。

魔法就是有那麼強大的力量。

「哎呀，歡迎你們來。」

進入小屋之後，雙眼被皮帶包覆的愛蕾麥特維持坐在椅子上的樣態迎接我們。

「妳看來挺有精神的。」

「是啊，這樣也是不錯的修行。」

愛蕾麥特被鎖鏈繫住，雙手被綁起來，手指則是用特殊綁法固定而無法活動。就算要進食也無法使用湯匙，只能直接用嘴貼近容器來吃。

儘管這樣的待遇不太好，但這都是為了封住「聖者」的魔法。

「暴風雨愈來愈近了。」

「似乎是這樣呢。」

「所以才來看看狀況……我們打算把門窗封起來，這樣子幫妳會不會有問題？」

「不會，孤獨修行的過程中禁止依賴任何人，接受施捨倒是沒有受到禁止。你們主動提議真是幫了我一個大忙。」

「……如果我們那麼做，這間小屋也能抵擋暴風雨吧。」

「是的。」

「ＯＫ，那我們就為了無法行動的『聖者』，主動設法預防暴風雨吧。」

我和莉特儘早把抵禦暴風雨的準備做好。

「外面的田地會遭摧毀還真可惜。明明再過不久，好吃的茄子就會成熟……我每一年都很期待喔。」

小屋外頭有個小小的田地。

放眼望去，蔬菜生長的狀況不太好。

原因應該是土壤不好，還有這裡被樹木遮擋，不容易受到日曬吧。

「我還想請坦塔小弟弟嘗一嘗呢。」

「在做孤獨修行的聖職人員可以為別人準備食物嗎？」

「一般來說當然是遭到禁止。可是坦塔小弟弟和我一樣，都是在神明身邊侍奉的人啊。」

「那得由坦塔自己來決定。」

就像要打斷愛蕾麥特的話語，莉特語氣尖銳地放話。

……抵擋暴風雨的措施這樣就夠了吧。

「這樣子可以嗎？」

「謝謝，還好有你們在。」

愛蕾麥特微笑著目送我們到外頭。

「真是令人討厭！」

莉特神情險惡地說道。

「看她那種笑容，一定還有策劃什麼陰謀！」

「那種表情不像計畫遭到破壞的樣子啊。」

麻煩的就是我們到現在還不太清楚她的目的。

「莉特，麻煩妳了。」

「了解。」

莉特結印使出召喚魔法。

「小小的守護者啊，爬出精靈樹來到我的身邊……召喚精靈壁虎（Summon Spirit Gecko）！」

小小的精靈旋渦應聲出現，小小的壁虎出現在莉特的手心上。

「麻煩你監視嘍。」

壁虎抬頭，輕輕吐舌回應。

這間小屋和聚落距離太遠，沒辦法和召喚出來的精靈獸保持連結。

召喚出精靈獸來監視的好處在於，有什麼狀況都能透過連結知會施術者，可是這種方式了不起只能在一百公尺內的距離中使用。

不過這隻壁虎很特別。

牠能透過斷尾這種自殘行為，以精靈獸自身遭受重大傷害時承受的衝擊作為警告，傳遞給施術者。

當然了，牠沒有半點戰鬥能力，能夠傳遞的資訊也只有尾巴被切斷的狀況。不過考良到維持精靈獸所需要耗費的魔力，就會覺得這種精靈獸十分優秀，展現出來的能力能夠超越施術者耗費的魔力。

莉特召喚出來的壁虎貼附在愛蕾麥特小屋的梁柱內側。

待在那裡應該就不怕暴風雨了。

我們祈願什麼事也不會發生，並回到聚落。

第五章 聖者的誘惑

隔天早上。

今天是第五天，旅遊的最後一天。

聽得見風雨敲擊房屋壁面的聲響。

外頭有很強的暴風雨。

這樣子想必不會有人出航來接我們。

我起身後，喝了水和昨晚喝剩的湯。

儘管湯整個冷掉了，還是能讓剛睡醒的腦袋清醒過來。

莉特她們似乎因為我起床而一起醒過來。

為了不要吵醒坦塔一家人，大家都靜靜地起身。

封住窗戶的房屋內黑漆漆的。

只有偶爾打下來的雷光會從牆壁的縫隙漏進來。

「看來屋子沒什麼問題。」

「嗯，這樣看來也沒有會因為暴風雨倒塌的危險性。」

就如媞瑟所說，這房屋在暴風雨當中也是紋風不動。

「如果能一直像這樣，什麼事也沒發生就好了。」

「是啊。」

「莉特，魔力的消耗還好嗎？」

「一點也不用擔心，那種程度的精靈獸就算今天維持一整天也還留有餘力。」

「亞蘭朵菈菈呢？」

「在暴風雨中很難借用植物的力量喔。大家光顧好自己就忙不過來了。」

在暴風雨造成的騷亂中很難探尋氣息。

「如果愛蕾麥特不是在第三天，而是到今天才第一次對我們出手可就麻煩了。」

愛蕾麥特的氣息原本就難以察覺，要是混在暴風雨裡頭，或許就連露緹都要在她接近的時候才有辦法發覺。

「我不會輸給那種人。」

露緹以一臉生氣的表情這麼說。

好像真的很厭惡她呢。

不曉得露緹到底為什麼會厭惡愛蕾麥特到這種地步……不過真要說起來，我也看她很不爽就是了。

「我想……應該是因為她和我很像。」

露緹這麼說。

覺得很像……是嗎？

露緹沒有再繼續說下去，就坐到牆壁旁邊閉上眼睛。

她會這樣是因為能夠探查外頭的氣息。

想想也是，目前沒有我們可以做的事情。

於是各自順著自己的意思挑地方坐，等待暴風雨過去。

＊　＊　＊

聚落的人們是以太陽計測時間來行動，在窗戶全數封死，暴風雨來臨的日子裡，起床的時間好像會比較晚。

就算起床也無法去外頭，儘管還是會有編織捕魚用的網子，或者修補衣物的工作，他們在暴風雨的日子應該也不想提起幹勁做事吧。

時間大概過了九點。

房裡還是一樣一片漆黑，聚落的人們還在睡覺。

「雷德……！」

莉特目光銳利地說道。

「是愛蕾麥特有什麼動靜嗎？」

「嗯，精靈獸那邊有反應。」

我把劍拿起來佩至腰際。

「該怎麼辦？」

「我和莉特先過去……然後——」

「我要過去。」

露緹站起身來。

「沒問題嗎？愛蕾麥特會『鑑定』。露緹靠近她的風險很高喔。」

「不要被碰到就沒問題。愛蕾麥特碰不到我的。」

既然都說到這種地步了……

「好喔。就由莉特、露緹和我三個人過去。」

我們迅速做起準備。

儘管自認沒有發出聲音……

「雷德哥哥，你要去哪裡嗎？」

睡眠變得較淺的坦塔醒了過來。

「我稍微去看一下外面的情況，坦塔繼續睡沒關係。」

「嗯……雷德哥哥，要小心喔。」

坦塔仍有睡意地說了這麼一句話，然後又躺下。

他的睡臉很安穩。

*　*　*

「雷光迅步」在暴風雨中沒辦法充分發揮速度。

如果我一個人出馬，想必會耗費許多時間。

「我們會立刻追上去的。」

「哥哥要小心。」

「好……『雷光迅步』。」

我跑了起來。

身體很輕，幾乎感受不到暴風雨的風力。

莉特的風之魔法（Wind Shield）守護著我的身體，露緹的強化魔法（Gift of Elk Power）也賦予我強大的體能，無論地面多麼難走都不會有影響。

我衝過暴風雨中的森林，抵達愛蕾麥特的小屋。

「這……！」

愛蕾麥特的小屋遭到破壞。

發生了什麼事情一目瞭然。

「嘰咿咿！」

「是飛龍！」

好像在刮玻璃一樣，讓人聽了很不舒服的咆哮聲響起。

破壞愛蕾麥特小屋的凶手，是大幅度展開雙翼並以獠牙和利爪襲擊過去的飛龍。

牠想必是想在暴風雨中找個地方休息才降落到這座島上。

然後想順便找東西吃就襲擊了愛蕾麥特的小屋。

「愛蕾麥特……在那裡！」

儘管處於兩手被綁，無法運用魔法的狀態，愛蕾麥特還是閃過了飛龍的攻擊存活下來。

原來精靈獸的訊息並不是說愛蕾麥特逃脫，而是她身邊有異常事態啊。

我拔出佩劍。

老實說真不想為了愛蕾麥特而戰，但也無可奈何。

「喝啊啊啊啊！」

我跳出去。

飛龍似乎覺得自己送上門來的獵物比不停逃竄的獵物更有吸引力。

牠的長脖子轉向我這邊，排滿尖牙的嘴巴也大大地張開向我襲來。

我閃過牠的尖牙，同時先砍掉左邊的翅膀。

飛龍因痛楚而咆哮。

牠因此抬起頭後脖子變得很容易砍，我就再揮下一劍。

飛龍的身體振動了一下並放低身姿。

我跑到牠的背上，從骨骼間的縫隙一劍刺進心臟。

把刺進去的劍拔出來之後，再從先前砍掉的左翼那一側跳下來。

就算牠真的還有餘力，被砍掉的翅膀也不可能攻擊我。

「嘰、嘰嘰……」

飛龍發出呻吟聲後，就這樣撞出巨大的聲響倒下。

「謝謝，多虧有你們才能得救。」

愛蕾麥特說了這樣的話。

我把劍收回鞘中後聳聳肩。

「別撒謊了，妳看起來明明就有餘力。」

「沒這回事，一直逃竄真的很要命喔。」

就我看來，愛蕾麥特只是沒有攻擊手段，飛龍的攻擊完全沒有命中她的跡象。

「雷德！」

「哥哥！」

看來露緹她們也到了。

看見倒在地上的飛龍，她們兩人應該馬上就理解到發生了什麼事。

「什麼嘛，原來沒什麼大不了的。」

莉特嘆了一口氣。

「當然了，這都是因為你有好好回報，謝謝你啊。」

莉特把待在她腳邊的壁虎捧起來後，用指尖給牠魔力。

壁虎的尾巴長了出來……牠開心似的搖了搖頭。

「我還以為一定是愛蕾麥特又打算做什麼壞事。」

「這位女士可真失禮，我的行動全都是為了善良與愛。」

莉特毫不掩藏地露出厭惡的神情。

我的表情大概也像她那樣吧。

「那我們該怎麼辦呢？」

如此說道的我看向愛蕾麥特那間被破壞殆盡的小屋。

這下子可不能把愛蕾麥特丟在這裡不管。

儘管如此，讓她恢復可以運用魔法的狀態也很危險。

「只能把她帶回聚落了嗎？」

「……大概也只能那麼做了。」

倘若可以，我想避免那種狀況就是了……

「沒事的。」

之前一直沒說話的露緹開了口。

她拔出揹在背後的哥布林劍之後，灌注力道往下揮。

斬擊使得地面搖晃。

「……這——」

愛蕾麥特說不出話來。

露緹的劍將地面挖開，掘出一個可以讓人過活的大橫穴。

「這樣就能撐過暴風雨。」

「是的，妳能體諒到我的心思真的很好。在做孤獨修行的我沒辦法前往聚落，謝謝妳的顧慮。」

「這樣啊。」

露緹冷淡地回應愛蕾麥特所說的話之後，就將繫住愛蕾麥特腳部的鎖鏈釘至附近的岩石上。

那原本繫在小屋的梁柱上，但在飛龍破壞小屋後沒有任何束縛，因此需重新固定。

「回去吧。」

露緹轉過身去，表示事情都處理好了。

然後她看向天空。

附近有落雷，傳出很大的聲響。

「飛龍……！」

雷光映出擁有翅膀的巨大身影。

「還有一頭嗎！」

「那裡是聚落的方向吧！」

不知道是不是剛才打倒的飛龍的同夥。

飛龍隨著暴風雨的風勢搖曳，朝著聚落下降。

「……沒事的，聚落有媞瑟和亞蘭朵菈菈在。」

露緹這麼說。

就如她所說，有她們兩人在的話想必能夠打倒飛龍且不造成任何犧牲。

儘管如此，我們也沒理由悠哉地待在這裡。

「快點回去吧。」

莉特和露緹對我說的話表達同意。

愛蕾麥特露出微笑之後，就乖乖地走進露緹所造的洞穴。

＊　＊　＊

愛蕾麥特能夠一直保持微笑……就是因為她已經完成了神明賦予的責任。

雷德他們在愛蕾麥特的小屋目擊到飛龍的同一時刻，在聚落——

察覺飛龍接近的亞蘭朵菈菈前去迎擊。

媞瑟在戒備愛蕾麥特魔法的同時，也為了能夠支援亞蘭朵菈菈而來到視野良好的屋頂上。

兩邊採取的都是能夠臨機應變的最佳行動。

無論聚落裡發生什麼事情，亞蘭朵菈菈與媞瑟本應都能立刻移動。

不過這次的狀況不太一樣。

「啊啊！」

村子裡傳出不輸暴風雨的悲痛叫聲。

年輕夫妻的住家發出逐漸毀壞的聲響。

「快逃啊！」

有人如此喊叫，然而裡面的人來不及跑出來。

人在外頭的漁夫受到狂風暴雨同時吹襲，跌倒後在地上翻滾。

房屋也在同一時刻崩毀。

房屋倒塌的巨大聲響、慘叫、寂靜。

原本在其他房屋裡的人們急急忙忙跑出來……坦塔也在那些人之中。

聚落的人們立刻趕去救援。

亞蘭朵菈菈與飛龍戰鬥的聲響融進暴風雨當中，聚落的人們並沒有察覺到。

被壓在瓦礫下的夫妻與年幼的孩子還活著。

儘管流了血又失去意識，還有在呼吸。

在屋頂上看著的媞瑟沒有立即行動，是因為她判斷那三人的傷勢並不會危及性命。

等亞蘭朵菈菈打倒飛龍再去治療都一定來得及。比起顧慮那些，她覺得更該好好調查房屋崩毀是否與愛蕾麥特的魔法有關。

畢竟愛蕾麥特有可能是為了讓媞瑟分心而營造這種狀況。

儘管愛蕾麥特並沒有使出魔法，但媞瑟的判斷並沒有錯。

可是，卻發生了沒有設想到的事態。

「該怎麼辦……！」

坦塔這麼說。

眼前有受傷的人倒在地上。

他們是對坦塔也很溫柔的好人。

「雷德哥哥呢！」

平時都會拿藥來救人的雷德不在。

「喂！我們要搬動這個嘍！」

岡茲和米德把瓦礫挪開。

他們是可靠的大人，但沒有能夠治療傷勢的力量。

如果是以往的坦塔，想必會去找尋雷德他們。

假如那麼做，他應該能馬上與亞蘭朵菈菈會合，成功救助村民。

本來應該那樣收尾的。

可是現在的坦塔具有能拯救他們的力量。

（碰觸加護……嗯，好了。）

坦塔將所有的技能點數分配在法術上頭。

儘管腦海浮現魔法知識的奇妙感覺令人有點頭暈，坦塔還是立刻使出治療的法術魔法。

「高效治癒！」

一開始是受傷的孩子先被亮光包覆。

即使過剩的亮光代表的是浪費了多餘的魔力，可是在有暴風雨的昏暗日子當中，法術的光輝在聚落的人們心中留下強烈的印象。

孩子的傷口很快便癒合，而且在光輝消逝的時候，原本苦於痛楚的孩子臉色也完全轉變成安穩的神情。

「坦、坦塔……？」

坦塔沒有餘力理會訝異的岡茲，開始治療夫妻的傷勢。

這是他第一次使用魔法。

也是第一次體會到魔力將要枯竭的感受。

確定傷者全數恢復精神的瞬間，坦塔的身體受到強烈的倦怠感侵襲，他就這樣倒了下去。

「坦塔！」

「沒事……我只是不知道為什麼覺得很累。」

媞瑟看著坦塔和先前受傷的人們被搬去村長家，思考剛才發生的事有著什麼意義。

（沒有魔法的跡象……但剛才發生的事情是巧合嗎？不，不對……）

將飛龍打倒的亞蘭朵菈菈回來了。

她馬上跑至坦塔被搬進去的那棟房屋。

（如果愛蕾麥特的行動都是為了這一瞬間……）

媞瑟是殺手。

所以她很習慣採取高效率的行動。

若要假設愛蕾麥特的行動目的就是剛才那一瞬間，那真的太缺乏效率又充滿太多無法掌握的因素。

（不過，這是以人類視角看見的結果。）

假如以人類之上的視角來看，不就會覺得這其實是最確實的方法嗎？

憂憂先生碰觸媞瑟的手指。

「……憂憂先生，謝謝你。」

媞瑟發覺自己正緊緊握住拳頭。

她慢慢放鬆力道，呼出氣來。

現在緊張還太早。

＊　＊　＊

露緹、莉特和我處理完愛蕾麥特小屋那邊發生的騷動後，花了大概十五分鐘才回到聚落。

不過媞瑟和亞蘭朵菈菈告訴我們那段時間有出事。

我坐到睡在屋內的坦塔身邊，診斷他的狀況。

「雷德……坦塔沒事嗎？」

岡茲看起來很擔憂，為了讓他放心，於是我笑著回應：

「單純只是魔力枯竭讓他耗盡力氣，沒那麼嚴重。是因為他沒有練習就使出魔法，身體還沒有為使用魔力的行動做好準備。」

我溫柔地撫摸坦塔的銀色頭髮。

「我想再等個十分鐘就可以叫他起來，不過他應該很累，讓他休息也沒關係吧。」

「這樣啊！那就讓他睡一覺吧。」

岡茲一副放鬆的樣子，不再那麼緊張。

「受傷的村民沒事嗎？」

「嗯，坦塔的魔法有完全癒合傷口，想必也不會留下傷痕。」

「真的很了不起呢，沒想到坦塔做得到這種事……」

「嗯，坦塔是很溫柔的孩子。而且今後一定能夠達成各式各樣的事……可是──」

我看了岡茲的表情。

儘管只有一點點的跡象，從他的表情已經看得出來，能夠使用強大魔法的坦塔令他自卑。

「職人」加護最適合當木匠，不過坦塔已經具有「職人」所沒有的力量。

我把手放上岡茲的肩頭。

「對坦塔來說我們是可以依靠的大人，今後我們也得好好努力，繼續讓坦塔有個依靠呢。」

「好。」

看來我的心思有傳遞到岡茲心裡。

岡茲以強而有力的嗓音同意我說的話。

「對了，有個東西想請岡茲和米德幫忙看看。」

「嗯？要我們幫忙看？」

「外頭還有暴風雨對你們很不好意思，可是崩毀的房屋梁柱有個狀況讓我很在意，想請你們兩個老練的木匠來看。」

「……知道了，我去做個準備，等一下。」

＊　＊　＊

莉特、岡茲、米德與我四個人穿上大衣來到外頭。

暴風雨的勢頭變得更強了。

「不過很快就要到風雨最大的時候，明天早上就會遠離這裡。」

如此說道的莉特觀察著天空的精靈。

那是我看不見的世界所以不清楚，然而莉特都這麼說了，想必不會有錯。

「若是這樣，明天就會有人來接我們？」

岡茲詢問。

「我覺得要來應該也是後天來。就算天氣好轉，海浪可能還是會很大，佐爾丹的行船人應該會把日期錯開吧。」

「明天也能在島上悠閒度日啊。」

明明應該有預定的工作還能一笑置之，這就是佐爾丹人的性情吧。

我們說著這些話的時候來到了倒塌的房屋。

「小心別被風吹來的瓦礫砸到喔。」

「要是沒有莉特小姐的魔法，我根本不會想靠近呢。」

我們的身體受到莉特的魔法守護。

如果只是小小的瓦礫想必會被彈開。

「就是這個。」

我指向折斷的梁柱。

岡茲和米德把臉靠近梁柱，用手指觸摸。

「這是……」

「看在木匠的眼裡，這是自然損壞的嗎？」

「不，腐蝕的方式很不自然……一般來說不會變成這樣。」

「我也這麼覺得，假如只有這麼狹小的範圍受損，那一定得是只有這部分長時間泡在水裡。」

「或者是只有這裡的時間過得特別快吧。」

岡茲和米德如此說道。

原來如此，果然是這樣啊。

「謝謝你們，這樣子我就清楚了。」

那傢伙，說什麼孤獨修行！

還不是偷偷潛進這個聚落，在房屋的梁柱上動手腳！

沒有出人命倒是還好，但他們要是壓在天花板的橫梁底下，很有可能早就死了。

我真的覺得自己愈來愈討厭她。

「欸，雷德，這就代表有人動過手腳吧。」

「對……雖然沒有證據……但要好好注意愛蕾麥特。」

「是那個苦行僧嗎！」

可是她是在什麼時候動手腳的？

就老礦龍氣象台的預報來看，暴風雨並不會過來，而且連亞蘭朵菈菈都是到了第四天才察覺暴風雨會過來。

愛蕾麥特在第三天的時候就已經被我們抓住，如果她不是暴風雨形成前就知道有暴風雨會過來，時序就搭不上。

「雷德，這是怎麼回事？」

莉特好像也發覺到一樣的事，表情嚴肅地思考著。

＊　＊　＊

後來所有人都在屋裡乖乖待著。

坦塔在一小時後清醒過來，聚落的人們非常感謝他。

比起我和亞蘭朵菈菈這樣的英雄，一起打造漁船的少年坦塔救助傷者的事蹟似乎更能觸動聚落村民們的心弦。

比父親米德還年長的男人握住自己的手來答謝——這在坦塔以往的人生中想必是不可能發生的體驗。

坦塔由於驚訝和害羞而臉紅，同時也接受聚落的人們對他的讚賞。

後來到了中午，村民們開始準備午餐。

外頭還有暴風雨所以想去哪都不行，可是人類依舊會肚子餓。

今天的午餐是魚排和椰子湯。

島上的料理習慣用魚油烹調，風味不是人人都能習慣，坦塔他們卻好像也很喜歡。

「坦塔哥哥。」

「德尼思，怎麼了？」

叫做德尼思的少年坐到坦塔身邊。

他應該比坦塔小三歲吧。

「坦塔哥哥的加護是『僧侶』？」

「咦，呃……不，不是喔……」

坦塔欲言又止。

我仔細聆聽，為了在坦塔有可能說出自身加護的情況下幫忙圓場。

「這樣啊……其實我啊，就是『僧侶』。」

「你已經觸碰加護了？」

「沒有，還只是有自覺而已。一直都只有自覺，就這樣過了半年。」

看來那名少年是來找坦塔諮詢加護的事情。

他應該想都沒想到坦塔其實幾天前直接跳過自覺階段，才剛碰觸到加護不久。

如果是「僧侶」加護，再快也要等到加護等級四才有辦法使用法術魔法高效治癒。

看在少年眼裡，坦塔應該是能夠靈活運用加護的大人吧。

「欸，坦塔哥哥是待在佐爾丹教會裡嗎？希望你能帶我一起過去！」

「咦咦！我不是教會的人喔！」

「可是坦塔哥哥的加護是比『僧侶』還要厲害的僧侶加護吧？」

「可是……德尼思為什麼想離開島嶼？」

「因為我是『僧侶』啊。」

因為獲賜「僧侶」的加護所以要成為僧侶。

那就是這世上普遍的思考方式。

「德尼思沒有想做的事情嗎？」

「我不太清楚……不過啊，我想要像坦塔哥哥一樣！所以想去佐爾丹的教會好好學習，成為傑出的僧侶！」

如此說道的少年帶著無憂無慮的笑臉。

坦塔一副不知道該怎麼回答才好的樣子。

「這樣啊，很了不起喔。」

我決定插話圓場。

「可是第一步還是要先觸及加護，在那之前跟父母一起生活比較好。」

「咦，可是，我一直都沒辦法碰到加護……」

「沒有必要著急。坦塔年紀雖然比你還大，但他也是前陣子才剛碰到加護喔。」

「真的嗎！」

「唔，嗯，我是來到島上才碰到加護的。」

「在這座島上！」

少年訝異地叫出聲音。

坦塔看起來好像有點害臊。

「既然連坦塔都是那樣，你現在應該先當個孩子，在這座島上跟家人一起生活。而且一旦你觸及加護去了教會，就沒辦法自由地跟朋友一起玩嘍。」

「咦～！那我不要～！」

「呵呵，現在維持這樣就行。你不用著急，跟朋友一起玩就好了……有些經驗想必是現在才能體會，或者只能透過玩樂來體會。而且那些經驗也可能會在你成為僧侶後派上用場。」

「這樣啊……我知道了！謝謝你！」

少年對我道謝之後，又重新面向坦塔。

「也謝謝坦塔哥哥！」

「唔、嗯。」

坦塔看起來還是滿困擾的。

為了幫助受傷的人，不顧後果做出的行為引導了其他孩子的人生。

他想必是為了那樣的責任感到困惑。

「我懂喔。」

我撫摸坦塔的頭說道。

「原來其他人一直都是將這種心情託付給雷德哥哥啊。」

「坦塔也慢慢變成大人了呢。」

「這樣算大人嗎？」

我坐到坦塔身旁。

我們什麼話也沒說，只是坐在一起。

有些事情僅僅是這樣，就比交談更容易互相理解。

＊　＊　＊

我吃著午餐的厚切魚排。

那是用肉質結實的七帶石斑魚烹調而成，脂肪很少，味道高雅。魚油的風味將那高雅的特質往粗魯的方向拉過去。

儘管不是出類拔萃的美味餐點，卻也有著偶爾想吃一吃的好滋味。

「讚賞啊。」

在離人群有點距離的地方，坐著用餐的我低聲細語這幾個字。

坦塔運用加護的力量，那樣的行為受人稱讚。

「順從加護的責任來行動而受到讚賞，就是加護在給予強烈的快感。」

拿著午餐容器的露緹說道。

她坐到我身旁。

因為沒有桌子，於是她把容器放到地上用餐。

「愛蕾麥特的目的就是那份讚賞。」

「……怎麼可能。」

聽聞露緹所言，我搖搖頭。

「運用高等級『聖者』做出來的行為，就是讓坦塔得到有盡好加護責任的讚賞？她打算用這種方法把坦塔拉進加護之路？」

實在太沒有道理了。

不惜將自己的性命暴露在危險中，就只是為了把一名少年的生活方式扭曲至神與加護所希冀的道路。這是具有世上數一數二的力量的聖者大人會做出來的事嗎？

「不過那一定是神明的視角。」

如此說道的露緹看著自己的雙手。

「『聖者』引導新的『樞機卿』的行為本身就有意義。愛蕾麥特待在這座島上的五年期間，假如她能為別人運用自己的力量，不曉得能拯救多少性命——可是這種事情沒有半點價值，重要的是讓加護的責任得以完善……神的價值觀就是這樣。」

「露緹……」

「我是『勇者』，所以知道。神的願望並不是藉由『勇者』讓人們得到拯救。祂需要的是救助人們的『勇者』本身。對於『勇者』而言，人們不過就是……重現第一代勇者靈魂的祭品。」

露緹的表情中蘊含憤怒。

紅色眼瞳中寄宿著強烈的意志。

「所以我不會輸給愛蕾麥特。身為『勇者』，不會讓她奪走坦塔活出自己人生的權利。」

露緹聲音很小，不過她這番話灌注了決心。

暴風雨明天就會過去了吧。

「明天要做個了結。」

「是啊。」

＊　＊　＊

隔天。

早上起床後，天上是沒有半朵雲的一片藍天。

聚落的人們似乎忙著清理倒塌的房屋和因為暴風雨四散的垃圾。

漁夫們出海去了。

儘管暴風雨過後的海象很差，但好像能捕到很多魚。

因此所有的漁夫都鼓起幹勁出海了。

「我們回去原本那個岸邊吧，在這裡也只會妨礙別人。」

「說得也是。」

我與莉特如此交談，並對村長答謝後便移動至岸邊。

露緹搬進聚落，打造到一半的漁船也有好好放回原本的岸邊。

儘管畫在沙灘上的設計圖已經消逝，不過真正的設計圖其實是在聚落的人們腦裡，所以應該不成問題。

「又要搭帳篷，感覺有點奇怪！」

坦塔嬉鬧的同時也在幫忙岡茲搭帳篷。

本應結束的旅遊的延長戰。

雖然因為海象很差而無法游泳，但我們可以在沙灘上玩。

「莉特，把那個拿過來。」

「了解～」

我們也在搭帳篷。

之前去躲避暴風雨休息的鳥群，也發出「嘎嘎」的歡欣叫聲飛上藍天。

轉個彎回到這裡的一隻海鷗，好像覺得不可思議似的望著我們搭帳篷的樣子。

這是暴風雨過後，令人神清氣爽的一天。

「雷德哥哥！」

坦塔大喊。

我往坦塔出聲的方向看過去，便發覺他撿起一個滿是鏽斑的鏈條。

「這是什麼！」

「看來是暴風雨帶過來的。」

坦塔拿著鏈條跑來我和莉特這邊。

「總覺得它很輕耶！」

「嗯？」

我從坦塔手上接過鏈條。

重量感覺很一般，可是……

「這是法術手杖啊！」

我訝異地叫出聲音。

「手杖？這是鏈條喔？」

坦塔顯得疑惑。

他會這樣很正常，不過這是稱作法術手杖的一種魔法道具。

「這是僧侶版本的魔法師手杖喔。」

莉特把鏈條拿到手上。

「把這東西拿在手上，發動法術時就會得到它的輔助，讓法術不容易發動失敗，並且減少消耗的魔力。一開始先利用這個，熟悉運用魔法的感覺就可以嘍。」

「咦咦！」

「這種鏈條拿在會用法術的人手上，重量就會減半，而且還有跟五倍粗度的鏈條一樣的強度。此外，運用法術的人把這鏈條帶在身上一天之後，只要詠唱指令詞就能讓鏈條隨時回到手邊。」

鏈條和繩子會被視為束縛惡魔的神聖物品。

鏈條會是法術手杖的其中一種形式，想必也是基於那種思維。

「好厲害！不過那麼厲害的東西為什麼會在岸邊？」

「應該是以前掉進海裡，被暴風雨從海底拖上來了吧。畢竟海上漂著很多東西。」

這八成就是戴密斯神對初出茅廬的「樞機卿」贈與的禮物吧。

「這個我可以拿走嗎？若當成木匠道具來用，感覺能派上很大的用場！」

「說得也是，那很堅固，而且坦塔說一聲就會自己解開並回到手上。是很便利的木匠道具呢。」

不過神贈送的禮物會用在坦塔的夢想上。

這樣就沒關係了吧？

無論收下什麼樣的禮物，該怎麼利用都是坦塔的自由。

「哥哥。」

「雷德先生。」

露緹和媞瑟面向森林的方位，瞪著島嶼深處並發聲。

「來了嗎？」

「嗯，是愛蕾麥特呢。」

我和莉特也站起身來。

愛蕾麥特來了。

＊　＊　＊

「唰啦唰啦」的聲音逐漸靠近。

那是愛蕾麥特拖著鎖鏈的聲音。

「她不用魔法就能把露緹釘在岩石上的鎖鏈扯下來啊。」

「省下我們去找她的工夫了。」

露緹站在我們的前方帶頭。

我和莉特在她身後。

亞蘭朵菈菈則是後衛。

媞瑟躲藏在有段距離的地方。

「來了。」

露緹說道。

兩手仍被束縛的愛蕾麥特從森林的樹叢中出現。

「你們好，我來迎接坦塔小弟弟了。」

「坦塔明天要回佐爾丹，不能讓妳帶走喔。」

愛蕾麥特閉緊的嘴形橫向拉伸露出笑容。

「坦塔小弟弟應該已經知曉神明的愛。那孩子和你們不同……他和我一樣，是神所選上之人。」

「神所選上之人呢。」

「就某個層面來說，雷德先生也一樣吧。」

她已經「鑑定」過我的加護。

「引導者」加護的存在就只是為了守護「勇者」啟程。

那既是責任也是活著的唯一意義。

「不對，我的人生全都是自己選擇的結果，跟戴密斯神的意志沒有一點關係。」

我是為了守護露緹而戰，但那並不是因為遵循「引導者」的衝動。

如果我只是顧著盡好「引導者」責任的弱小男人，那自己八成很久以前就沒命了。

者」。

「引導者」打從一開始就很強大。所以不會離開「勇者」身邊，會一直守護「勇

要是我選擇走上那樣的路，想必就只會依靠加護等級的差距來戰鬥吧。

那樣就沒辦法打贏真正的強敵……那就是「引導者」真正的責任。

「受賜弱小加護的人果然無法理解啊。」

「如果以『鑑定』來看，我的加護或許就是那樣呢。」

艾瑞斯也是那樣。

「鑑定」我的加護後似乎看見了沒有價值的東西。

「我們不會交出坦塔……那妳打算怎麼做呢？」

露緹把劍尖指向她。

雙方的距離還有一百步上下。

「我身為『聖者』多少會點格鬥，可是我的魔法被封住了，沒辦法從你們手中救出坦塔小弟弟呢。」

救出啊……她這種說法看來不是刻意找我們碴，而是真的深信不疑。

「既然這樣，我們要不要好好談談？」

「不必，我的責任是引導坦塔小弟弟。和你們這種心術不正的人沒什麼好談的。」

「哈哈，本來還以為妳會一直保持笑容，結果一直被綁起來就很不爽了嘛。」

我笑著繼續說道：

「妳至今都是透過『預言』技能行動的吧？所以就算看我們不爽，還是乖乖地讓我們抓起來。」

「你居然知道『預言』的事……那應該只有寫在教會的機密外典裡，難道你有朋友是『聖者』嗎？」

我還是騎士團副團長的時期，曾運用權力得到進入阿瓦隆尼亞大聖堂書庫的許可。

儘管那是為了找尋讓露緹從「勇者」當中解放的手段，我也有讀到「聖者」技能資訊的機會。

不過只是讀過，不太曉得實際上的效果……剛才講的有一半是虛張聲勢。

「聽見戴密斯神的話語，知曉自身該做什麼事的『預言』。既然是全知全能的至高神戴密斯大人親自引導，好好遵守『預言』便必定會成功。這是只有『聖者』才能擁有的終極技能。」

「所以妳才會一直忍耐著啊，『聖者』可真是辛苦耶。」

我這樣挑釁之後，愛蕾麥特的臉頰就抽動了一下。

「生氣了嗎？是不是因為孤獨修行太久，不知道戰場上該怎麼進退了？」

「我沒打算思考該怎麼求進退。」

嗯～最近都是對付一些麻煩的敵人，有這種隨便挑釁就會上勾的敵人可真是新奇！

「所以說，妳沒辦法用魔法，也不懂得求進退，那要怎麼戰鬥？」

「當然是遵照『預言』。」

愛蕾麥特從懷裡取出一顆深紅色的球體。

「我就讓你們知道，『聖者』就算無法使用魔法也是偉大的加護吧。」

「那是……！」

我在對抗魔王軍的戰爭中有看到教會的人用過。

那是高等級且具有高級聖職者系加護的人才能運用的魔法道具。

「蛇王化身（Shape of Nagaraja）！」

「居然拿出魔獸變身的寶珠！」

愛蕾麥特的身體變化為七顆頭的巨蛇。

動物變身的魔法在現代也常被使用。

仍有暴風雨的時候，露緹對我施加的強化魔法「贈予駝鹿之力」也是賦予駝鹿（Elk）體能的一種變身魔法。

力量系魔法只會影響體能而不會改變外貌，不過化身系就會像愛蕾麥特那樣完全變身。

「我還是第一次看見魔獸變身。」

莉特驚訝地說道。

「和動物變身不同，魔獸變身是前任魔王的時代失傳的魔法。目前留下的只有當時製作的寶珠中封印的魔法……居然拿那麼貴重的東西來做這種事！」

在對抗魔王軍的戰爭中都還要裝模作樣，逼到最後一刻才使用，有夠辛苦耶！

想起當時有多累，我就不禁口出惡言。

「這樣就和魔法無關了！既然不交出坦塔小弟弟，我就直接啃碎你們！」

愛蕾麥特張開深紅色的嘴巴，展現銳利的獠牙。

「妳試試看啊。」

露緹說完的瞬間，愛蕾麥特就伸長脖子往露緹所在的位置揮落。

「好快！」

亞蘭朵菈菈大叫。

強如愛蕾麥特，加護等級很高的高手變身為足以毀掉一個國家的大魔獸。

其力量十分強大。

要是我單獨應戰，想必會採取等待她解除變身的戰鬥方式。

不過……持劍對著愛蕾麥特的可是露緹。

而且還是為了守護坦塔，主動挺身戰鬥的露緹。

「嘰啊啊啊啊！」

七顆頭當中已經有三顆飛落了。

「聖者」或許也是偉大的加護，然而跟「勇者」還是差得很遠。

愛蕾麥特扭曲身體，想要理解究竟發生了什麼事……不過太遲了。

「啊啊啊啊啊！」

又有三顆頭掉下來。

這只是一場單方面取勝的戰鬥。

儘管露緹戰鬥時有著「不能被愛蕾麥特碰到」的限制，愛蕾麥特還是連自己怎麼輸的都不曉得。

只剩下一顆頭。

毀掉那顆頭以後，就算是大魔獸「蛇王」也會死去。

「為什麼？我明明遵照『預言』行動了！」

愛蕾麥特已不再從容。

先前的從容只是她順著「預言」行事的安心感帶給她的。

那已經不復存在。

她依靠的是「聖者」這種加護，以及對戴密斯神這種全知全能的信仰。

既然「預言」沒有實現，就代表這兩者都沒得依靠了。

「神明並不是全知全能。」

如此說道的露緹俯視愛蕾麥特。

「妳這是異端發言！」

「我只是說出事實。神可以環視全世界，知道自然現象怎麼發生。再加上有加護的存在，也能知曉人類會怎麼行動。預言只不過是用那種力量計算未來……神明沒辦法操縱人的意志。」

這是我和露緹討論戴密斯神的事情後得到的結論。

戴密斯神擁有與我們不同層級的力量，但是祂無法直接改變住在這世界上生物的意志。

這種意志，恐怕就是戴密斯神產生祂自己想要的靈魂的原因。

所以戴密斯神才會造出加護。

那並不是為了奪走意志，而是用責任來逼迫自由意志下的生活方式。

「戴密斯神不可能有做不到的事情！」

「就是有。」

露緹立刻回答。

由於她真的一點迷惘都沒有並如此斷言，愛蕾麥特便無法回應而說不出話來。

「媞瑟。」

「是。」

一直躲藏著的媞瑟出來了。

坦塔也在她的身邊。

「坦塔小弟弟！」

愛蕾麥特如此叫喊。

蛇頭一邊顫抖一邊抬起來，金色的眼瞳看向坦塔。

「原來你長這個樣子啊，看起來很有智慧……是與聖職人員相稱的一張臉。」

「愛蕾麥特小姐……」

坦塔害怕地後退一步。

不過他能這樣就踩穩雙腳很了不起。

「愛蕾麥特。」

露緹以劍制止愛蕾麥特的動作並說：

「我之前一直在思考到底該怎麼做才能篤定地對妳說出我們贏了。」

露緹的目光筆直地凝視愛蕾麥特。

愛蕾麥特沒有理會她，繼續對坦塔搭話：

「坦塔小弟弟，你救助聚落村民的時候，有感受到神明的愛吧？那份喜悅才是我們活著的意義，獨一無二又堅不可摧的喜悅，是神明所遴選、擁有特別加護的人們才能得到的幸福。」

「……我──」

「來，快點說出來吧！只要你說想接納神明的愛，我就算犧牲這條性命也要守護你的人生道路！來吧！快說出口！」

坦塔以害怕的表情看向露緹。

露緹露出微笑並且點頭說道：

「坦塔說出心裡想的事就好……昨天那個暴風雨的日子，你救助聚落村民的時候，心裡想著什麼？」

「嗯……我啊──」

坦塔看著愛蕾麥特的眼睛，把話說下去。

他的目光沒有要挑戰愛蕾麥特的意思，單純只是想要傳遞自己心中所想，十分純粹的目光。

「希望總有一天，能在這裡蓋出不會輸給暴風雨的房屋。」

「啥？」

「居民因為房屋受傷讓我很不甘心，我當上木匠以後一定要蓋出住在裡面的人能變幸福的屋子，我是這麼想的。」

「……不可能，怎麼會這樣。」

愛蕾麥特一副難以置信的態度，愣在原地。

「預言」的內容要把坦塔拉進「樞機卿」的道路。

愛蕾麥特依照「預言」接觸坦塔，給予他在最佳的狀況下盡好加護責任的經驗。

不過坦塔並沒有屈服於加護。

「坦塔小弟弟！是這些人逼你那麼講的吧？你可是神選上之人，神明所愛之人！」

教會的思維本應是神的愛會賦予所有人，內心動搖的愛蕾麥特卻說出這種話。

那才是她的真心話吧。

擁有「聖者」這種特別的加護，才是她想當聖者的理由……啊，原來是這樣。

這傢伙跟艾瑞斯很像。

所以露緹和亞蘭朵菈菈才會戒備成那樣。

「不是喔。」

坦塔搖搖頭。

「我一直都很想成為像岡茲舅舅和爸爸那樣的木匠。遇上雷德哥哥之前就一直是這樣了。」

「可是你觸及了加護啊！」

「就算妳說這種話我也不懂！」

明確的拒絕。

「預言」沒有成真。

「神明沒辦法操縱人的意志……這樣妳清楚了吧？」

露緹如此放話。

她好像在抓住愛蕾麥特的時候，就已經知道愛蕾麥特真正目的是要讓坦塔盡好加護的責任。

露緹刻意不去防備「預言」。

「無論這座島上發生什麼事，都沒辦法抹除坦塔以前和岡茲與米德他們一起度過的時間。我有特別留意坦塔被抓走的可能性，不過我很確定，只要沒發生那種事情，坦塔一定會贏過神明。」

「這樣的孩子不可能顛覆『預言』……」

「坦塔是個特別的孩子。他的特別之處不在於加護的種類，而是具有想要實現夢想的堅強意志。」

那並不是像加護那樣由神所賦予，沒辦法靠努力去影響的東西。

「絕對要實現夢想」的意志，是每個人都具有的可能性所成就的特別。

加護只要盡好責任就會帶來幸福感。

不過夢想並不是那樣。

無論幸福還是不幸，都是從自己的內心所產生。

那是沒辦法怪罪神明，只屬於自己的道路。

「愛蕾麥特……神明給予的幸福還有苦痛，都沒辦法束縛真正強大的人所具有的意志。」

「神明的愛不可能輸給人的意志……」

「坦塔的人生屬於坦塔自己。妳也用那雙被蒙蔽的眼睛看見了。」

愛蕾麥特的身體變回原本的樣貌。

她維持倒地的姿勢，用雙手遮住失明的眼睛。

「神啊……！」

就像要逃避自己看見的景象，愛蕾麥特縮起身子，不去面對這個世界。

將愛蕾麥特擊潰的是坦塔的意志。

露緹滿足似的收劍入鞘。

第六章 夏天的回憶

隔天。今天才是旅行的最後一天。
天上是沒有半點雲朵的大晴天。
海面是無窮無盡的清新湛藍。
這美麗的景色是暴風雨帶過來的。
「好啦，來游泳嘍！」
「「「「喔～！」」」」
對於我的呼喊，莉特、露緹、媞瑟、憂憂先生、坦塔與岡茲充滿精神地回應。
亞蘭朵菈菈、米德與娜歐也在後頭舉起右手臂回應。
在船隻來接我們之前的這段時間，我們打算游到最後一刻，享受這趟旅行。
「坦塔，下水嘍！」
「哇～！」
以坦塔為中心，岡茲他們跳進海裡。

第一天便暈船的娜歐，今天也是全力享受大海。

「真的辛苦你啦。」

亞蘭朵菈菈和媞瑟過來了。

「妳們倆也辛苦啦。雖然發生了許多事，最後能有這種可以留下美好回憶的氣氛真是太好了。」

「真的是耶，不過這樣子坦塔就沒事了吧。」

「事情沒那麼簡單。坦塔的人生才剛要開始，想必會有迷惘和痛苦的時候吧。」

「……說得也是。」

「今後我也會跟他多談談的。坦塔的孩提時代即將結束，但是他還是我很重要的朋友。」

亞蘭朵菈菈和媞瑟笑著點頭。

「話說回來，憂憂先生呢？」

憂憂先生之前明明在跟媞瑟一起游泳，海上卻沒看到他的身影。

「他在那邊。」

「那邊？」

我看向媞瑟手指的地方，便發現沙灘上放有燒烤時用過的烤網。

仔細一看便發覺烤網上放有平底鍋，更仔細看看就會發覺憂憂先生好像在忙什麼似的動來動去。

而且，他的頭上似乎綁著頭巾。

「他在做什麼啊？」

「他充滿幹勁地說，最後一餐要自己煮。」

「咦，憂憂先生要做菜！」

憂憂先生有取得「料理」技能，我也看過他在媞瑟做菜的時候幫忙……可是憂憂先生能獨自做出人類吃的料理這點實在令人震撼。

「他好像要做炒麵。」

「真的假的。」

天啊，他可真是隻高規格的蜘蛛。

「……真令人期待。」

「是啊，令人期待。」

憂憂先生所做的菜色的滋味。

真的讓人好期待啊！

我和亞蘭朵菈菈揮手對憂憂先生加油。

憂憂先生則輕盈地跳起來回應我們。

＊　＊　＊

「對了，雷德！」

吃著午餐炒麵的時候，莉特一副忽然想到什麼事情的樣子叫出聲來。

憂憂先生做的炒麵很好吃，大家都很喜歡。

露緹和坦塔已經在吃第二盤了。

「我完全忘記有帶球過來了！」

莉特從道具箱中拿出一顆大球。

尺寸大得不適合單手投擲。

「我本來想用這顆球來玩的！」

「這樣好嗎？船不是很快就要來了？」

娜歐這麼說。

來接我們的船確實差不多該來了，不過船就算到了島上，也要到聚落販賣商品以後才會回去，我們應該還有一小段時間。

「難得出來旅遊，就不要留下任何遺憾啦。」
我把剩下的炒麵一口氣塞進嘴裡。
大家也像我一樣急忙吃完午餐。
「那麼這就是旅行中最後一次玩樂了！」
我們又跑向大海，大家一起玩球。
「這次的旅行很開心呢。」
「是啊，這次的旅行很開心。」
我和莉特追著球的同時相互歡笑。
這趟旅行直到最後一秒都充滿笑容。

＊　＊　＊

海上，船上。
我們已經在返回佐爾丹的歸途。
「嗯～這風真舒服。」
莉特使力伸了個懶腰。她從脖子到胸口附近的肌膚裸露在外。

我看見那景象有點心跳加速。

儘管這次旅行有長時間看著莉特穿泳衣的模樣，但她在我眼裡無論何時都是可愛又完美的情人。

「暴風雨也是愛蕾麥特事前引起的吧？」

莉特如此說道。

這話題很嚴肅，我得轉換心態。

「是啊，那種程度的天氣操作就算是高等級的『聖者』也沒辦法立刻發動。她應該在我們去島上之前就花了好幾天來準備吧。」

我說要去海邊玩的時候是掃墓那一天。

那時坦塔看見白色的人影而害怕起來，我看見那樣，為了讓他高興點就說出無意間想到的提議。

那個身影就是愛蕾麥特吧。她透過「預言」技能，知道如果在那個時候驚嚇坦塔，我就會說要去海邊。

到頭來我們是被「預言」技能牽著鼻子走……不過坦塔的夢想堅定到不會讓他貼近加護，所以愛蕾麥特從一開始就是要打一場沒有勝算的仗。

「不斷殺愛蕾麥特沒關係嗎？她要是又來多管閒事可就麻煩了。」

「沒問題的。」

＊　＊　＊

戰鬥結束後，「預言」並未實現一事讓愛蕾麥特既失望又沮喪。
只能趁現在了。
「接下來就是比耐力了啊。」
「比耐力……？」
我說的話讓愛蕾麥特抬起臉來反問。
「目前『預言』沒有實現，這次是我們贏了。」
愛蕾麥特面容變得很恐怖，但我不管她繼續說下去：
「可是坦塔的人生才剛要開始，想必會常常受到加護的影響。」
「……………」
「在這座島上的回憶不會消逝。既然如此，『預言』是否真的不會實現，就要等到坦塔人生結束才會知道。」
「……………！」

看來她知道我想說什麼了。

「所以我才說要比耐力。」

「說得也是……是的，我就如此斷言吧，總有一天，坦塔小弟弟一定會選擇戴密斯神的愛……那一刻到來之前，我都會在這座島上等待。」

正因為愛蕾麥特是信徒，她為了「預言」所做的行動全部完成以後，就沒辦法採取更進一步的行為。

儘管她有可能會採取其他的行動，但我覺得其信仰支柱動搖的這一刻會認同我所說的理論。

若是這樣她想必也不會回教會報告，不至於造成我們的麻煩。

＊　＊　＊

「打倒對手後的交涉才是戰爭中最重要的一場戰役。」

我當騎士的時候也曾以外交官身分負責交涉。

我作為從士侍奉過的騎士前輩弗羅列斯先生說過，騎士必須具備能憐憫手下敗將的一顆心。

那並不是在講該有的心態，而是在說讓戰後交涉成功的方法。

與其擊潰相信「預言」的愛蕾麥特的信仰，我覺得以順著信仰的形式做個了結才能去除愛蕾麥特的威脅。

「雖然與坦塔的夢想相斥，與能力強大的人有所關聯對他來說仍是好事。既然她行動的源頭是要在坦塔死前成就『預言』，危機逼近坦塔時她應該會成為坦塔的助力。」

「希望不會發生那種事就是了。」

莉特聳聳肩。

無論如何，愛蕾麥特的威脅都過去了。

「可是露緹好像很不滿的樣子。」

「算是吧。」

我和愛蕾麥特交涉結束時，露緹在我的背上拍了那麼一下。

「我嚇一跳呢，她一直以來都肯定我的做法，沒想到會像那樣具體地表達不滿。」

露緹好像想要澈底贏過愛蕾麥特。

我能理解她的心情。

不過露緹好像也知道我的方法才會為坦塔帶來最好的結果，也就只有那麼一次表現出不滿。

「雷德真是的，看起來滿高興的耶。」

「當然高興啊！」

露緹當時覺得自己的想法比我的想法還要正確。

這是非常棒的狀況。

「老實說我當時高興到差點哭出來了。」

「原來你感動到那種地步啊……」

莉特露出苦笑。

不過那可是我妹妹有所成長的瞬間。

理所當然會高興。

「話說回來。」

「最後那個有什麼意圖？」

話題告一段落而望向海面的時候，莉特好像想起什麼事情般說道：

「最後哪個？」

「你不是有對愛蕾麥特發問嗎？」

「啊，那應該算是我自己很在意吧……」

與愛蕾麥特分別之前，我問了她一個問題。

「『假如妳沒有「聖者」加護，還會像現在這樣抱持堅定的信仰嗎？』……你是這麼問的吧？」

「是啊。」

我對莉特所說的話表示同意。

那就是我拋給愛蕾麥特的問題。

「她的回答是：『如果不是「聖者」加護，當然不會有現在這樣的信仰。』」

「想必是因為她信奉加護至上主義，才會那麼回答。」

一如預料的回答嗎？

我覺得正如莉特所說。

「不知道以信仰的角度來看，那是否就是正確的態度。」

「咦？」

「嗯，我說的這個不是只限於聖職人員。我是想對艾瑞斯問問看這個問題……想說愛蕾麥特說不定會有跟艾瑞斯一樣的想法。」

「啊～艾瑞斯的確也給人一種他是『賢者』所以高人一等的感覺呢。」

「……如果是這樣，或許愛蕾麥特和艾瑞斯都認為自己的價值只有在加護上吧。」

「或許是那樣呢。」

所以艾瑞斯才無法饒恕我。

我奪走「賢者」作為參謀的責任，使得艾瑞斯懷疑自己加護的價值。

那就變成艾瑞斯懷疑起自己的價值。

如果艾瑞斯是那麼想的，那他是不是就只能把我驅逐出去，一個人解決我做過的那些事情呢？

「真是多愁善感啊。」

莉特緊緊地抱住我的頭。

「別想過頭了喔。」

「我想去理解艾瑞斯……不知道是不是夏天讓我變成這樣。」

如此說道的我在莉特懷裡笑出來。

「那個～你們兩位是不是一天比一天更敢在別人面前曬恩愛了？」

突然冒出來的媞瑟好像很傻眼地這麼說。

媞瑟手指的方向有一名露出苦笑的商人。

「啊，不好意思。」

我的頭沒有離開莉特的胸懷就直接道歉。

看見這幅光景，媞瑟仍舊帶著沒什麼變化的表情全身顫抖。

那似乎是媞瑟笑個不停的樣子。

「沒關係沒關係，反正這裡在海上，也沒其他人在看啦。」

商人幫忙圓場。

他人真不錯。

莉特的臉蛋有點泛紅，她笑著放開我的頭。

「話說回來，你們這趟旅行看來挺開心呢。」

商人的視線轉向船首那邊。

坦塔一家人在那裡一起窩在毛毯裡睡覺。憂憂先生也包在毛毯裡睡著了。

「看他們的睡臉很滿足啊，想必是非常地開心吧。」

望著坦塔他們的睡臉，商人臉上浮現安穩的笑容。

「是啊，這次的旅行非常開心喔。」

我這麼回答。

那是永遠不會忘懷的夏日回憶。

「很開心呢。」

莉特對我這麼說。

在大海上，遠處可以看見綠色島嶼，天上有白色的海鳥飛翔。

儘管有塗過防曬乳，莉特的臉蛋還是有點曬黑。

莉特瞇起天藍色的眼瞳，開心似的笑了出來。

看著她的笑容，我打從心底覺得有來旅遊真是太好了。

尾聲　成長

三天後，佐爾丹。

雷德＆莉特藥草店。

「沒客人來。」

我趴在櫃檯上如此呻吟。

回到現實生活了。

店舖明明打烊了一週，卻幾乎沒有顧客覺得困擾。

「連店舖沒開的事情都不知道的人占絕大多數，受到的打擊很大耶。」

「啊哈哈，夏天的佐爾丹真的很頹廢呢。」

根本做不起買賣。

送至診所的藥物也一樣，除了與中暑有關的藥以外幾乎沒有訂單。

佐爾丹人在夏天甚至覺得看醫生很麻煩。

「來。」

莉特把裝有冰水的杯子拿過來給我。

我一口氣喝光。

冰冰涼涼的水非常好喝。

「我們再去旅行吧。」

「啊哈哈，又要去了嗎？」

就在我開始認真煩惱要不要乾脆整個夏天都放暑假的時候，裝在店門口的門鈴發出聲響。

「哥哥，午安。」

「午安啊，露緹，歡迎光臨。」

進門的人是露緹。

她回來以後應該一直在做藥草農園的工作，看來是告一段落了吧。

「我有件事想跟哥哥討論。」

「討論？」

露緹有事要找我，那當然得放在第一順位。

我從櫃檯邊站起來。

「那要泡個茶到裡頭說嗎？」

「不必，在庭院裡比較好。」

「庭院啊……」

需要動動身子的那種討論嗎？

我跟莉特面面相覷。

＊　＊　＊

莉特、露緹與我三個人移動至庭院。

「妳在島上非常活躍啊。」

一開始要先提起正面的話題。

如此思考的我說出三天前的回憶。

應該可以說露緹是打倒愛蕾麥特的最大關鍵吧。

順著愛蕾麥特的「預言」，並以坦塔的意志來打倒她——是露緹想到這樣的流程。

露緹還是勇者的時候擬定戰略的能力就出類拔萃，但她很不擅長將人類感情與意志這方面納入考量。看來那都是過去的事情了。

「妳讓我很驕傲喔。」

「謝謝哥哥……我也盡全力了。」

露緹一臉害羞地露出微笑。

不過她馬上就變回一臉認真的表情。

「哥哥，我的『Sin』可以使用新的技能了。」

露緹這麼說。

「咦？」

我不禁回問。

露緹身上出現的「Sin」這種加護，是就算提高加護等級也無法取得技能的異質加護。

她至今一直處於只有「Sin」的加護等級提高的狀態，除了一開始便取得的「支配者」技能以外沒辦法使用任何技能。

「妳說新的技能……那到底是怎樣的技能？」

「我就是想讓哥哥看看才過來的。」

如此說道的露緹連武器也不拿就看向莉特。

「莉特，用魔法攻擊我看看。」

「咦咦！」

「出全力也沒關係。」

「就算妳這麼說……我還是先用比較弱的喔。」

我和莉特都很驚訝，但也能理解露緹並不是在開玩笑。

莉特以左手結印。

「火焰精靈啊，聚集於我的手指，化作刀刃！火箭！」

莉特的手指釋放火焰箭矢。

那是從加護等級一就可以使用的魔法小招。

露緹應該可以輕鬆躲過……不過她並沒有閃躲，甚至連抵抗魔法的跡象都沒有。

「露緹！」

火焰箭矢刺中露緹毫無防備的身體……本應是這樣。

「魔法被抵銷了？明明沒有使用任何技能跟魔法啊！」

火焰箭矢在觸碰露緹之前就消滅了。

「不對，她有發動某種技能……是自動發動的技能嗎？」

我有看見，露緹的身體有一瞬間被黑色薄霧般的東西包覆。

就是那東西抵銷了莉特的魔法吧。

「這是『Sin』的新技能『支配者之衣』。能讓任何魔法與能量攻擊失效。」

「失效……不是衰減嗎？」

「嗯，是失效。」

「就像是連能量攻擊都能應付的反魔法結界一樣啊。」

反魔法結界是只有高級魔法師系或高級聖職者系加護才能使用的高級魔法。

在結界內能讓各種魔法失效，逼迫對手只能用武器和肉體戰鬥。

不過那具有自身的魔法也會遭到抵銷的缺點，明明只有以魔法為最大武器的加護才能使用，卻會把魔法也給封鎖住，性質相當矛盾。

而且反魔法結界十分強大，因此需要消耗龐大的魔力，就算持有賢者艾瑞斯那種等級的魔力想必也只能維持一分鐘吧。那是強力無比卻很難利用的魔法。

可是露緹搖搖頭。

「不是。」

露緹用魔法從手掌心放出照明。

「難不成……」

「嗯，這個技能只會單方面抵銷對手的魔法。會時時刻刻自動發動，而且不會消耗魔力。」

「怎麼可能那麼誇張！」

太扯了。

要是有這樣的技能，世上所有的魔法師都會絕望吧。

輔助魔法與魔法武器也是一種魔法。

如果靠近露緹，那些東西也會消失，變成自己的肉體或武器原本的性能。

就算不是魔法師，面對本來就是世上最強的露緹也得在沒魔法力量的狀態下戰鬥。

「那種招數真的太強了……！」

比起我來說，能夠運用精靈魔法的莉特想必更為理解「支配者之衣」是多麼不合理的技能。

那與「勇者」的強力技能又不一樣。

那種技能就像是從根基否定加護與加護之間的戰鬥。

「『支配者之衣』嗎……」

技能名稱有它的意義在。

戴密斯神造出的技能名稱大多是敘述其效果，可是支配者之衣是什麼意思？

露緹最先拿到的技能「支配者」是支配加護的技能。

我想說就是因為那樣才叫做支配者……可是倘若下一個技能名稱是支配者之衣，就可以有其他的解釋方式。

這不就代表，支配者指的就是「Sin」嗎？

「這也不是現在就能想出答案啊。」

我搖搖頭停止思考。

比起這個，還有更應該確認的事。

「露緹，妳知不知道是做了什麼才達到『Sin』技能的取得條件？」

「嗯。」

露緹把手按上自己的胸口。

「跟哥哥一起在海邊遊玩，發自內心歡笑的時候、決定以自己的意志打敗愛蕾麥特的時候……在島上留下許多回憶的同時，也解放了技能的限制。」

對於露緹而言，那些回憶想必都很重要。

如此述說的露緹表情十分安穩。

正是因為如此才令人意外，原本不殺死對手就不會成長的加護居然會變強。

那和其他的加護完全不同……簡直就像——

「就像是露緹一成長，加護也會跟著成長一樣。」

與人一同成長的加護。

肯定一個人生活方式的加護。

世上存在那種加護嗎？

在這個世界上，人類沒有加護的力量就很難活下去。

能夠打倒比人類巨大的凶惡怪物，正是因為有加護的存在。

無論是劍、房屋，還是料理，沒有加護的力量便沒辦法做出優良的東西。

而且這個世界的生物會為了讓加護成長而互相殘殺。

那就是戴密斯神期盼的世界……可是「Sin」破壞了那樣的規則。

假如所有人都獲得像「Sin」那樣會與人一同成長的加護，戰事想必會大幅減少吧。

「若是那樣，就可以從遵循加護才有效率的世界，轉變為可以依照自己的意志選擇生活方式的世界……每個人都可以選擇慢生活的世界。」

人會因為自身的成長而變強的世界。

我腦海裡浮現阿修羅惡魔格夏斯勒說過的話——

『看在我們眼裡，這個世界受到加護支配的生物還比較像異形就是了。』

這才是本來該有的樣子嗎？

露緹覺醒「Sin」的事情會不會比對抗魔王軍的戰爭更為重要？

「哥哥……」

露緹擔憂似的說。

雷德，別害怕啊。

要是我害怕，不就會讓露緹擔憂嗎？

露緹已經不是會因為加護而感受不到恐懼的勇者，她是個普通的女孩子。

無論「Sin」有怎樣的意義，我要守護露緹的決心都不會改變。

就像今年夏天留下無可取代的回憶一樣，秋天、冬天、春天，還有明年夏天……我們都要繼續留下開心的回憶。

那就是我的心願，也是戰鬥的理由。

後記

非常感謝您購讀這本書！我是作者ざっぽん。

第十一集進入新篇章。沒想到能寫到雷德和莉特訂婚後的故事……輕小說能否推出續集都是看各位讀者的支持來決定。雷德、莉特與露緹的故事能夠寫到這邊，也都是因為各位讀者願意讀到這邊。

真的非常感謝各位！

而且各位的支持愛護又讓本作品達到另一個高峰！

在此向各位報告，動畫版確定會出第二季了！哇～哇～！

我有得到這部作品國內海外都佳評如潮，觀眾反應相當好的讚賞。動畫版能推出第二季都是因為有日本國內與海外各位讀者觀眾的支持。這篇後記應該也會有翻譯後的版本，或許要過好一陣子才會到海外的讀者手上，不過請容我在這裡也為日本海外的各位讀者致上謝意。

動畫版才剛開始製作，但導演和第一季一樣是星野導演，我也會和各位工作人員一同努力，讓第二季也是十分好看的一部動畫！敬請期待後續消息！

也來稍微談一談本書故事的內容吧。

第十一集是坦塔的成長與家庭的故事。與在事件中成長的艾爾不同，像坦塔那樣突然觸及加護，必須在加護和夢想當中選擇其中一邊，才是這個世界的普遍情形。已經訂婚的雷德和莉特總有一天會生小孩，到時他們的小孩想必也會像坦塔這次一樣迷惘吧。

而且這本書也是夏日海洋與度假的故事。由於與露緹她們會合的時間是在冬季，所以一直沒辦法撰寫穿泳衣的故事，不過季節終於來到夏天啦！

太好了！

希望各位讀者能夠連同やすも老師的絕美插畫一同享受故事內容。

動畫以外的跨媒體發展也很順利。

池野雅博老師作畫的漫畫版目前剛好進入原作小說第三集收尾的劇情。其中十分細膩地表現了露緹和媞瑟的情感，不容錯過。

東大路ムツキ老師作畫，以冒險者時期的莉特為主角的外傳漫畫《沒能成為真正夥伴的公主殿下，決定到邊境展開慢活人生（暫譯）》目前已發售第一集。（註：此處資訊皆為日文出版情形）希望各位讀者也能閱讀這部作品。

ＰＣ版遊戲「Slow living with Princess」也在ＰＣ遊戲販售網站Steam好評發行中。

那麼，完成這一集的過程也少不了各方人士的鼎力相助。

やすも老師這次也完成了絕美的插畫。穿泳衣的露緹這麼可愛，讓我覺得有寫下這樣的章節真是太好了，內心十分滿足。

能夠經過校正、設計、印刷、裝訂等各項流程進而完成一本書，都是因為製作這本書的各位把功力發揮至淋漓盡致，真的非常感謝。

還有從這次開始擔任主要責編，與我一起製作本書的岩田責編。能夠平安完成這本書，正是因為有岩田責編鼎力相助。非常感謝您。下一集也請多多指教了！

話就說到這邊，各位讀者，我們在第十二集再會吧！

２０２２年　望著被雲遮住的秋日月亮　ざっぽん

我是擔任本書插畫的やすも。
今後也會繼續努力，還請各位多多關照！

©Akira Kareno, Misumi 2022 / KADOKAWA CORPORATION

砂上的微小幸福

Kadokawa Fantastic Novels

作者：枯野瑛　插畫：みすみ

「邪惡的怪物應該消失。你的願望並沒有錯喔。」
這是某個生命活了五天的故事——

商業間諜江間宗史因任務而與女大生真倉沙希未重逢，卻被捲入破壞行動。祕密研究的未知細胞救了瀕死的沙希未。名喚「阿爾吉儂」的存在寄生於其體內，以傷勢痊癒後歸還身體前的期間為條件，與宗史生活在同一屋簷下……

NT$270/HK$90

©Syuu 2022 Illustration：Nanna Fujimi / KADOKAWA CORPORATION

奇招百出的維多利亞 1 待續

Kadokawa Fantastic Novels

作者：守雨　插畫：藤実なんな

頂尖諜報員銷聲匿跡後遠走他鄉
夢想過自己的小日子！

維多利亞是手腕高超的諜報員，因上司的背叛決定脫離組織，過著一般市民的自由人生。憑藉著諜報員時代的長才，她在新天地得以大展身手，然而組織怎麼可能放過她！許許多多的危機正悄悄逼近——重拾幸福的人生修復故事，拉開序幕！

NT$260/HK$87

©Yuumikan, Koin 2023 / KADOKAWA CORPORATION

怕痛的我，把防禦力點滿就對了 1~15 待續

Kadokawa Fantastic Novels

作者：夕蜜柑　插畫：狐印

對抗戰進入白熱化連頂尖玩家也退場！
敵軍將梅普露設為頭號目標還以顏色！

嚴苛無比的大規模對抗戰開始還不到一天就白熱化，連頂尖玩家也一個接一個地退場！只以梅普露、莎莉、芙蕾德麗卡等三人執行的閃電戰術，使敵陣大為混亂。

認識到梅普露果真是頭號目標後，敵軍也還以顏色……！

各 **NT$200~230/HK$60~77**

©arukuhito, Yu-nit 2022 / KADOKAWA CORPORATION

異世界漫歩 1~2 待續

Kadokawa Fantastic Novels

作者：あるくひと　插畫：ゆーにっと

空離開艾雷吉亞王國，也多了一名旅伴！
抵達聖都後，竟然成了逃跑的聖女大人的護衛？

空一行人在沿途經過的城鎮聽說了著名的「降臨祭」的傳聞，便決定下一個目的地前往福力倫聖王國的聖都！在悠閒的旅途中，他活用「漫步」獲得的技能點數，時而拯救遭魔物襲擊的村莊，時而烹煮美味佳餚給同伴享用——悠閒的異世界旅程第二集！

各**NT$280/HK$93**

Kadokawa
Fantastic
Novels

因為不是真正的夥伴而被逐出勇者隊伍，流落到邊境展開慢活人生 11

（原著名：真の仲間じゃないと勇者のパーティーを追い出されたので、辺境でスローライフすることにしました 11）

2023年8月16日　初版第1刷發行

作　者：ざっぽん
插　畫：やすも
譯　者：李君暉

發行人：岩崎剛人
總編輯：蔡佩芬
編　輯：楊芫青
美術設計：李思穎
印　務：李明修（主任）、張加恩（主任）、張凱棋

發行所：台灣角川股份有限公司
地　址：104台北市中山區松江路223號3樓
電　話：（02）2515-3000
傳　真：（02）2515-0033
網　址：www.kadokawa.com.tw
劃撥帳戶：台灣角川股份有限公司
劃撥帳號：19487412
法律顧問：有澤法律事務所
製　版：巨茂科技印刷有限公司
ISBN：978-626-352-809-3

※版權所有，未經許可，不許轉載。
※本書如有破損、裝訂錯誤，請持購買憑證回原購買處或連同憑證寄回出版社更換。

SHIN NO NAKAMA JANAI TO YUSHA NO PARTY WO OIDASARETA NODE,
HENKYO DE SLOW LIFE SURUKOTO NI SHIMASHITA Vol.11
©Zappon, Yasumo 2022
First published in Japan in 2022 by KADOKAWA CORPORATION, Tokyo.
Complex Chinese translation rights arranged with KADOKAWA CORPORATION, Tokyo.

國家圖書館出版品預行編目資料

因為不是真正的夥伴而被逐出勇者隊伍，流落到邊境展開慢活人生 / ざっぽん作；李君暉譯. -- 初版. -- 臺北市：臺灣角川股份有限公司，2023.08-
冊；　公分. -- (Kadokawa fantastic novels)
譯自：真の仲間じゃないと勇者のパーティーを追い出されたので、辺境でスローライフすることにしました
ISBN 978-626-352-809-3(第11冊：平裝)

861.57　　112009562